바다로 간 별들

초판 1쇄 펴낸날 2017년 6월 22일
초판 7쇄 펴낸날 2022년 5월 13일

지은이 박일환
펴낸이 홍지연

편집 고영완 정아름 전희선 조어진
디자인 전나리 박태연 박해연
마케팅 강점원 최은 이희연
경영지원 정상희

펴낸곳 ㈜우리학교
출판등록 제313-2009-26호(2009년 1월 5일)
주소 03992 서울시 마포구 동교로23길 32 2층
전화 02-6012-6094
팩스 02-6012-6092
홈페이지 www.woorischool.co.kr
이메일 woorischool@naver.com

ISBN 979-11-87050-34-6 43810

• 책값은 뒤표지에 적혀 있습니다.
• 잘못된 책은 구입한 곳에서 바꾸어 드립니다.

박일환
장편소설

차례

제3부

풍선덩굴의 비밀

일러두기

1. 등장인물들은 세월호 참사를 바탕으로 작가가 창작해 냈습니다. 참사 이후의 정황 등 현실적인 부분을 조사하고 참고하였을 뿐, 실존 인물들과 관련이 없음을 밝힙니다.
2. 소설에 노랫말이 인용된 곡들은 다음과 같습니다. 버스커 버스커의 '벚꽃 엔딩'(작사 장범준), 린의 '곰인형'(작사 윤민수, 민연재), 샤이니의 '혜야'(작사 Kenzie), 겨울왕국 O.S.T 중 'Let it go'(작사 크리스틴 앤더슨 로페즈), 윤민석의 '진실은 침몰하지 않는다'(작사 윤민석)입니다.
3. 소설에 시구절이 인용된 시는 김광섭 시인의 「저녁에」(『겨울날』, 창비, 1997)와 황지우 시인의 「너를 기다리는 동안」(『게눈 속의 연꽃』, 문학과지성사, 1994)입니다.

프롤로그

"선생님은 어떤 계절을 좋아하세요?"

한창 수업이 지겨워질 즈음, 누군가 그렇게 물었다.

"나는 겨울이 좋아."

선생님은 웃음을 띤 얼굴로 선선히 대답해 주었다.

"왜요?"

"추우니까 사랑하는 사람하고 꼭 껴안고 다닐 수 있잖아."

순간 아이들 입에서 꺄아악, 하고 터져 나오던 비명이 기억난다. 선생님의 그 말이 진담이었는지 농담이었는지 모르겠지만, 겨울을 좋아하는 사람도 분명 있을 거였다. 하지만 많은 사람들이 그러하듯 나는 봄을 좋아했다. 추운 겨울이 물러간 뒤에 꽃이 피고 나비가 날아다니는 아름다운 봄날을 어찌 사랑하지 않을 수 있단 말인가. 영원히 봄을 사랑하리라는 다짐까지 한 건 아니었지만 겨울이 되면 언제 빨리 봄이 오나 손꼽아 기다리곤 했다.

하지만 앞으로도 봄을 사랑할 수 있을까?

나는 봄이 싫어. 속으로 가만히 중얼거렸다. 세상에 봄을 싫어하는 사람이 있다니! 예전의 나였다면 있을 수 없는 일이었다. 겨울이 좋다고 했던 선생님도 봄이 싫어서 그러지는 않았을 거라고 믿었다. 그랬던 내가 지금은 왜 고개를 젓고 있는 걸까? 그날의 끔찍한 사건 이후 나는 더 이상 봄을 사랑할 수 없게 되었다.

어느 외국 시인이 4월은 가장 잔인한 달이라고 했다던데, 어떤 이유로 그렇게 말했는지는 잘 모르겠지만 지금의 내 심정에 딱 들어맞는 말이다. 옛날처럼 활짝 웃으며 벚꽃 핀 4월을 맞이할 수 없을 거라는 생각을 하면 슬픔과 억울함이 동시에 밀려왔다.

"벚꽃은 너무 슬퍼. 이렇게 눈부신 꽃이 어쩜 그렇게 빨리 지는 걸까?"

"그러니까. 봄도 짧은데, 벚꽃의 수명은 더 짧고……."

"영원히 피는 꽃은 없을까?"

"우리 집에 그런 꽃이 있긴 한데……."

"정말? 어떤 꽃인데?"

"꽃병에서 일 년 내내 활짝 웃고 있어. 이름이 아마…… 플라스틱 꽃일걸? 크크."

"야! 너 정말!"

그렇게 함께 웃고 떠들던 날이 있었다. 이야기 끝에 친구는 이런 말도 했다.

"우리도 언젠가는 할머니가 되겠지? 난 지금 이대로가 좋은데……. 우리 어른이 되지 말고 이렇게 맨날 같이 만나서 놀면 좋겠다."

그렇게 말했던 친구는 정말로 영원히 늙지 않는 꽃이 되었다. 지금은 내 곁에 없는, 열여덟에 멈춰 선 꽃!

친구들을 삼킨 4월의 바다는 차가웠고, 심청이를 태우고 올라온 연꽃 같은 기적을 보여 주지 않았다. 대신 끝없는 통곡과 하염없는 눈물이 흘러들어 수면을 높였다. 가슴에 손을 갖다 대면 통증이 밀려왔다. 과연 이 상처가 아물 수 있을까? 평생 지워지지 않을 상처를 안고 살아가야 한다는 사실을 받아들이기 어려웠다. 믿기지 않아서, 차마 믿을 수가 없어서 얼마나 도리질을 했는지 모른다. 그럴수록 친구들이 지금 내 곁에 없다는 사실만 분명해졌다. 기쁠 때 같이 웃고 힘들 때 같이 울어 주던 그 친구들 말이다.

"민지야, 같이 가."

친구가 부르는 소리가 들려 뒤를 돌아보면 아무도 없었다.

햇살만 가득한 등 뒤의 허공을 바라보며 한동안 그 자리에 붙들려 있는 시간이 많았다. 그런 일이 반복될 때마다 무릎에서 저절로 힘이 빠져나갔다. 돌아보지 말자고 아무리 다짐해도 "민지야" 하고 부르는 소리는 종종 나를 붙잡고 놓아주지 않았다.

제1부
아름다웠던 날들

메꽃과 믹서기

"그건 나팔꽃이 아니라 메꽃이야."

느닷없는 소리에 화들짝 놀라 뒤돌아보니 믹서기가 서 있었다.

점심시간에 화단 옆을 지나다가 엷은 분홍색 나팔 모양의 꽃을 보고, "어, 나팔꽃이 피었네."라고 혼자 중얼거렸는데, 뒤에 서 있던 믹서기가 내 말을 들은 모양이었다.

"야! 깜짝 놀랐잖아. 언제 날 따라왔냐?"

"아…… 아냐. 따라온 게 아니고, 난 아까부터 여기 있었어. 네가 날 못 본 거지."

믹서기가 당황스러운 표정으로 손을 내저으며 말했다.

"그런데 방금 뭐라고 했니? 메꽃? 그런 꽃도 다 있나? 난 처음 들어 보는 꽃 이름인데……. 근데 이게 왜 메꽃이야? 꼭 나팔꽃처럼 생겼잖아."

"응, 나팔꽃하고 메꽃은 생긴 게 비슷하니까 헷갈리기 쉬워서 구분 못 하는 사람들이 많아. 하지만 자세히 보면 나팔꽃은 메꽃보다 좀 더 크고 색깔이 진해. 그리고 잎 모양도 서로 달라. 메꽃은 잎이 길쭉하면서 서양의 방패 같은 모양을 하고 있는데, 나팔꽃 잎은 하트 모양으로 생겼거든."

"와, 믹서기. 너 꽃에 대해서 잘 아는구나."

"아니, 그냥 조금……. 누구나 관심을 가지면 알게 되는 건데 뭐."

믹서기는 별것 아니라는 투로 말했지만, 교실에서 보지 못했던 다른 면을 본 것 같아서 신기했다. 말을 마친 믹서기는 옆 화단으로 옮겨 갔다. 그런 믹서기의 뒷모습을 보면서 사람은 누구든지 여러 면을 지닐 수 있겠구나, 생각을 했다.

"민지야, 선생님이 너 부르잖아."

멍하니 딴생각에 몰두하고 있는데, 짝꿍 미혜가 옆구리를 쿡 찔렀다.

"예? 저, 저요?"

순간 당황해서 칠판 쪽을 바라보자, 국어선생님이 한심하다는 표정으로 날 바라보고 있었다.

"정신을 어디다 팔고 있는 거야? 정신 차리고, 이 사설시조를 원부가(怨婦歌)라고 하는데, 원부가가 무슨 뜻인지 한번 설명해 봐."

"원부가요? 그게 뭔데요?"

내 말이 떨어지자마자 교실 안에 웃음소리가 터졌다.

"그건 지금 내가 너한테 물은 거잖아. 대체 무슨 생각을 하고 있는 거야? 교과서는 보고 있는 거니? 거기 마지막 부분을 읽어 봐."

국어선생님의 말투에 짜증이 묻어났다.

"그게, 그러니까…… 건 밭에 메꽃 같은 며느리를 어디를 미워하시는고?"

"그래. 그 부분 때문에 원부가라는 제목을 붙였다고 했잖아."

"원부가는 잘 모르겠고, 메꽃이 무슨 꽃인지는 알겠는데요."

"이민지! 지금까지 내 말을 하나도 안 들었지? 정신 차릴 때까지 자리에서 일어나 있어."

어이없어하는 국어선생님의 표정을 살피며 자리에서 일어나자 옆 분단에 앉은 원정이가 안됐다는 표정을 지어 보였다. 창피하기는 했으나, 그렇다고 얼굴이 빨개지지는 않았다. 처음 있는 일도 아니니까. 이런 날도 있고 저런 날도 있는 거니까. 그렇게 생각하기로 했다. 그렇지 않으면 이 지겨운 교실에서 어떻게 살아남을 수 있겠는가.

"그러니까 원부가라는 것은 '원망하는 며느리의 노래'라는 뜻인데, 누굴, 왜 원망한다는 것일까?"

국어선생님은 어정쩡한 자세로 서 있는 나를 외면한 채 교과서를 들고 수업을 계속 이어 갔다.

그랬다. 사설시조를 배우는데, 종장에 나온 '메꽃'이라는 낱말을 보는 순간 갑자기 믹서기가 생각났던 거다. 한참 추억에 빠져 있는데 하필 나한테 질문을 던질 게 뭐람. 하긴 딴생각하고 있던 내가 잘못이지. 하필이면 국어책에 메꽃이 나와 가지고는……. 그나저나 믹서기 녀석은 학교에 잘 다니고 있을까? 고등학생이 된 지 얼마 되지 않아서인지 중학교 때 친구들이 가끔 생각나곤 했다. 오늘처럼 기억이 떠오르는 계기가 생길 때면 더욱 그랬다. 메꽃 덕분에 한동안 보지 못했던 믹서기가 보고 싶다는 생각이 들면서 머릿속은 다시 중학교 때로 돌아갔다.

강민석, 그러니까 믹서기는 중3 때 같은 반 친구였다. 민석이가 믹서기가 된 건 진로 적성 검사인가 뭔가 하는 걸 보고 나서였다. 검사를 하고 난 며칠 후, 담임이 검사 결과지를 나눠 주면서 "강믹석"이라고 부른 게 발단이었다. 처음에 담임 입에서 "강믹석"이라는 말이 나왔을 때는 다들 담임이 무슨 소리를 하나 싶은 표정들이었다.

"야, 강민석! 답안지 이름란에 마킹을 하면서 왜 ㄴ에 칠을 안 하고 ㄱ에 칠을 한 거야? 그러니까 민석이 아니고 믹석이 돼 버렸잖아."

그제야 상황을 파악한 친구들이 배를 잡고 웃기 시작했다.

"야, 믹석이래. 강믹석. 우하하!"

"믹석, 믹석이. 와 재밌는데……. 아예 믹서기라고 부르자. 야, 믹서기!"

"대박이다. 믹서기로 뭘 갈면 좋을까? 크크."

"믹서기도 그냥 믹서기가 아니고 강믹서기네. 성능 좋겠다. 하하하."

졸지에 믹서기가 돼 버린 민석이는 뭐라고 변명도 못 하고 얼굴만 붉히고 있었다.

그때부터 민석이는 우리 반에서 놀림감이 되었다. 그전부터도 민석이는 존재감이 크지 않았던 친구였다. 얌전히 책만 파는 범생이는 아니었지만, 그렇다고 남자애들하고 어울려 축구나 야구 같은 놀이를 하지도 않았다. 무얼 하든 동작이나 말투가 크지 않아서 있으면 있고 없으면 없는 그런 친구였다. 그래도 애들에게 따돌림을 받지 않은 건 괜히 잘난 체를 하거나 어떤 일을 하든 자기 것부터 챙기는 얄미운 모습이 없었기 때문이다. 친구들이 믹서기라고 놀릴 때도 그냥 씩 웃어넘기거나, "그래도 난 보통 믹서기가 아냐. 강믹서기, 정말로 강하거든!" 하고 받아넘겼다. 민석이는 왼쪽 윗니에 덧니가 있었는데 친구들이 "야, 네 덧니 그거 믹서기로 갈면 되겠다."라고 조금 심한 농담을 할 때도, "정말 그래 볼까?" 장난스럽게 되묻는 게 다였다.

그해에 새로 부임해 온 미술선생님이 있었다. 삼십대 중반이나 후반쯤 되어 보이는 나이에, 머리를 뒤로 질끈 묶고 다니는 여선생님이었다. 학기 초부터 믹서기는 미술선생님을 졸졸 따라다니고, 점심시간에도 자주 미술실에서 놀다 오곤 했다. 그러다가 미술선생님이 후관 뒤편에 있는 공터를 텃밭으로 만들겠다며 '텃밭 가꾸기 동아리' 부원들을 모집하자 믹서기는 곧바로 동아리에 들어가서 활동하기 시작했다.

미술선생님은 조금 괴짜에 가까운 타입이었는데, 그런 미술선생님을 쫓아다니는 걸 보면 믹서기에게도 엉뚱한 구석이 있는 게 분명했다. 한번은 미술 시간에 이런 일이 있었다.

"창조와 창작과 모방이 어떻게 다른지 말해 볼 사람?"

미술선생님 입에서 나온 뜬금없는 질문에 제대로 된 대답을 내놓을 만한 친구들이 없는 건 당연했다. 누군가 "우리 동네에 창조미술학원이 있긴 한데……."라고 중얼거리다 말았을 뿐이다. 미술선생님은 실망스러운 표정 대신 교실 안에 있는 얼굴들을 휘둘러보더니 믹서기를 지목했다.

"민석이는 어떻게 생각해?"

그러자 별로 망설이는 기색도 없이 믹서기가 입을 열었다.

"하느님이 만든 건 창조, 예술가들이 만든 건 창작, 우리가 만든 건 모방 아닐까요?"

믹서기의 대답이 끝나자 다른 애들 사이에서 "우아~!" 하는 소리가 터져 나왔다.

"야, 정말 멋진 말인걸. 그런데 민석이 말대로라면 지금 너희들이 만들고 있는, 이 철사를 이용한 조형물 만들기는 모두 모방에 속하겠네? 그렇다면 우리가 하는 작업이 너무 시시해지는 거 아닐까?"

미술선생님은 믹서기의 말을 빌미 삼아 이야기를 계속 이어 가려고 했다.

"그렇다고 우리가 위대한 예술 작품을 만들 건 아니잖아요?"

믹서기 대신 솔희가 나섰다. 솔희는 과학고 진학을 준비하고 있는 친구였다. 평소에는 자기 공부만 파고드는 편이지만, 하고픈 말이 있으면 남 눈치 안 보고 툭툭 던지기도 했다. 지금도 건방진 말투는 아니었지만, 약간의 짜증이 묻어 있었다.

"아냐, 난 예술 작품을 만들고 있어. 내 거 봐, 정말 멋지지 않냐? 흐흐."

느닷없이 끼어든 건 경호였다. 언제나 나서기 좋아하는 친구답게 자신이 만든 철사 모형을 집어 들고 보란 듯이 흔들었다. 철사 뭉치는 뭘 만들고 있는지조차 가늠하기 힘든 형상을 하고 있었지만 경호의 표정은 득의만면 그 자체였다. 남들의 야유 정도는 이미 초월한 경지에 오른 경호였다.

"오, 그래. 좋았어. 역시 경호다운 말이야. 그렇다면 경호는 어떤 점에서 자신이 만든 걸 예술 작품이라고 생각하는 걸까?"

다른 친구들은 못 말리겠다는 표정을 지었지만 미술선생님은 그런 분위기에 상관없이 재미있다는 표정으로 경호를 바라보며 물었다.

"그거야 당근 내가 만든 거니까요. 이건 누구도 흉내 낼 수 없는 나만의 작품이잖아요, 천재 탁경호만의 작품! 야, 너희들, 내 거랑 똑같이 만들 수 있어? 니들은 지금 나의 위대한 예술 작품을 보고 있는 거야."

누가 들어도 억지스러운 말이지만 경호는 전혀 주눅 든 기색 없이 나오는 대로 지껄였다. 반 아이들이 또 한 번 어이없다는 표정을 지었지만, 한두 번 있는 일도 아니라서 그런가 보다 하고 말았다.

"누구도 흉내 낼 수 없다! 야, 그거 정말 중요한 말인데……. 경호는 예술이 뭔지 아는구나."

미술선생님이 짐짓 경호의 기를 살려 주며 말했다.

"그래. 모방은 창조의 어머니라는 말도 있긴 하지만, 단순

한 모방에 그쳐서는 안 되겠지. 너희들의 작품이 뛰어나든 그렇지 않든 경호처럼 자신 있게 자신만의 모양, 자신만의 색깔을 찾아가면 좋겠어. 내가 보기엔 아직 경호만의 색깔이 완성됐다고 보긴 힘들지만 말이야. 경호야, 그렇지 않니? 후훗. 자기만의 색깔을 확실히 찾아나갈 때 누구든 예술가가 될 수 있는 거야. 예술이 별거냐? 뭐든지 처음부터 이거다, 라고 정해진 건 없어."

미술선생님은 양팔을 벌리고는 정말 아무것도 아니라는 듯한 표정을 지으며 자신의 예술관을 풀어놓기 시작했다.

"근데 너희들 진짜 예술이 어떤 건지 아니?"

미술선생님 말에 나는 속으로 '그야 샤이니 종현의 미소가 진짜 예술이지!'라고 생각했다.

"예술은 말이지. 창작을 넘어 창조에 가까워야 하잖아. 그런 면에서 나는 텃밭에서 자라는 배추나 무가 진짜 예술 작품일 수도 있다고 생각해. 너희가 아무리 철사를 엮어서 기린을 만든다고 해도, 설사 그게 정말 기린처럼 똑같이 생겼다고 해도 거기에 생명까지 불어넣을 수는 없잖아. 씨 뿌리고 물만 주면 푸른 싹을 내미는 텃밭의 생명들이야말로 우리가 창조할 수 있는 아주 훌륭한 예술품 아니겠니?"

"선생님, 그거보다 더 뛰어난 창조물이 있는데요."

이번에도 참지 못하고 끼어든 건 역시 경호였다.

"그게 뭔데?"

"사람들이 사랑을 나누고 2세를 창조하는 거요. 배추보다 인간이 더 위대하잖아요."

"오호, 역시 경호야. 배추보다 인간이 더 나은지는 잘 모르겠지만, 인간이 위대한 창조물이라는 건 나도 인정해. 너희처럼 좀 엉뚱하기도 하고 다루기 힘든 창조물이라 그렇지. 후후훗. 아무튼 텃밭에서 위대한 자연을 창조하는 데 동참할 사람들을 모으고 있으니까, 관심 있는 친구들은 언제든지 날 찾아와라."

미술선생님은 다시 한 번 텃밭 동아리의 중요성을 강조하는 것으로 말을 맺었다 .

믹서기가 텃밭 동아리 회원으로 활동한다는 건 알았지만, 내가 크게 관심 둘 일은 아니었다. 텃밭이 아니라도 내가 관심을 쏟아야 할 대상은 무척 많았다. 그중에서도 샤이니 종현에 대한 사랑이 내 가슴을 꽉 채우고 있었다. 겨울방학 때부터 샤이니 공홈(공식 홈페이지) 팬보드에 드나들기 시작하면서 컴퓨터와 스마트폰 들여다보는 시간이 부쩍 늘었다. 샤이니를 사랑하는 팬보다 샤이니를 헐뜯는 안티 팬들이 몰려와서 공홈 팬보드를 망가뜨리고 있다는 걸 알고부터 시작한 샤이니 공홈 지키기는 일종의 사명감을 불러일으켰다. 팬보드에 올라오는 비방글과 음란한 댓글들을 볼 때면 너무 화가 나서

'피가 거꾸로 솟구친다'는 말이 이해될 정도였다. 특히 종현을 타깃으로 삼아 입에 담기도 힘든 욕설로 도배하다시피 하는 글을 만나면 아이피를 추적해서라도 끝까지 게시자를 찾아낸 다음 쫓아가서 자근자근 밟아 주고 싶었다. 팬보드에 반박글 올리고, 소속사에 공홈 관리를 철저히 하라는 항의글을 남기는 등의 활동을 통해 샤이니, 특히 종현에 대한 사랑을 굳건히 다져 가는 중이었다. 그러니 미술선생님이 텃밭 동아리 활동을 할 사람을 모집한다고 했을 때 그런 말씀은 귓등도 스쳐 가지 못할 상황이었다. 텃밭 같은 건 믹서기 너나 해라. 그런 건 너 같은 애들한테 어울리는 거고, 이 몸에게는 더 위대한 다른 일이 기다리고 있단다. 그렇게 생각하며 믹서기를 향해 입을 샐쭉 내밀면 그만이었다.

믹서기가 방과 후에 텃밭에서 살았다면, 나는 학원도 종종 빼먹으며 알바하느라 바빴다. 알바라고 해 봐야 전단지 나눠 주는 일 정도였지만 말이다. 방학식 다음 날에 올림픽공원 체조경기장에서 열릴 예정인 샤이니 콘서트에 갈 돈만 모을 수 있다면 곧 다가올 기말고사쯤은 망쳐도 상관없었다. 수경이하고 은지, 그리고 나까지 셋은 같이 알바도 하고 콘서트에 들고 갈 소품도 같이 만들었다. 참, 동대문까지 가서 옷도 같이 샀다. 샤이니를 경배하지 않는 자여, 내 곁에 얼씬거리지 말지어다. 그 무렵 내 모토는 바로 그것뿐이었다.

오죽하면

아니나 다를까, 1학기 기말고사는 확실히 망쳤다. 2학기부터는 정말 열심히 공부하겠다고 다짐했지만, 그런 다짐은 누구나 할 수 있는 만큼 언제든 쉽게 뒤집을 수 있었다. 학년 초에 담임이 "세상에서 가장 쉬운 게 뭔 줄 아니?"라고 묻고는 "어떤 결심이나 다짐을 하는 거야. 그건 자기 혼자 마음속으로만 하면 되니까 누구나 할 수 있거든."이라고 했다. 그런 다음 "반대로 세상에서 가장 어려운 게 뭔 줄 아니?"라고 다시 물었다. 그 물음에 대한 답 역시 담임이 내놓았다. "자기가 한 다짐을 지키는 거야. 너희들 3학년에 올라오면서 고등학교 입시를 위해 이제부터 열심히 공부하겠다고 다짐했겠지만 원서 쓸 때쯤 너도나도 후회하고 있을 거야. 나중에 내 말이 생각

날 때가 분명히 있을 거다."

담임의 말은 점점 현실이 되고 있었다. 하지만 문제는 축제였다. 2학기 중간고사 끝난 다음에 열릴 축제에 댄스 팀을 만들어서 나가겠다는 포부가 열심히 공부하겠다는 다짐을 저만치 밀어내고 말았다. 그나마 중간고사 때까지는 그럭저럭 공부를 하는 척이라도 했기에 집에서 눈총은 덜 받았다.

중간고사가 끝나자마자 모든 관심과 촉수는 축제로 향했다. 물론 무대에 올라가려고 마음먹은 친구들이 아닌 경우에는 그냥 재미 삼아 기다리는 정도였다. 그러나 무대에 올라가고 싶어 하는 친구들은 방과 후마다 빈 교실을 찾아다니며 연습에 몰두했다.

"선생님, 오늘부터 우리 반 교실에서 춤 연습할 거예요. 다음 주에 축제 오디션이 있잖아요. 괜찮죠?"

종례를 마치고 교실을 나가는 담임선생님께 달려간 수경이가 교실 사용을 허락해 달라고 졸랐다. 담임은 너무 늦게까지 남지는 말라는 말과 함께 순순히 허락해 주었다.

"얘들아, 근데 설마 우리 작년처럼 오디션에서 떨어지는 건 아니겠지?"

연습을 시작하기 전에 은지가 한마디 했다. 그러자 대뜸 수경이가 목소리를 높였다.

"야, 재수 없는 소리 하지 마! 작년에는 2학년이라서 그랬지만, 이제 3학년이잖아. 중학교 생활 마지막인데 무대도 못 올라가고 떨어지면 말이 되냐. 만일 떨어뜨리면 난 축제 때 학교 안 나올 거야."

"야, 쓸데없는 소리 그만하고 연습이나 하자. 자자, 모여 봐."

내가 속한 댄스 팀은 5인조였다. 나, 수경이, 은지, 그리고 2학년 때 같은 반이었던 미란이와 혜림이가 함께하기로 했다. 팀 이름은 '오죽하면'으로 정했다. 다섯 명이 죽이 맞으면 못 할 게 없다는 뜻을 담아서 내가 만든 팀명인데, 처음에는 다들 촌스럽게 그게 뭐냐고 했지만 내가 강력하게 밀어붙여서 그대로 쓰기로 했다.

"오죽하면 팀 이름을 '오죽하면'으로 했겠냐?"

"그래도 자꾸 부르니까 괜찮은데. 남들 다 학원 갈 시간에 오죽하면 우리가 지금 이러고 있겠냐고? 히히."

팀 이름보다 중요한 건 춤이었으므로 연습을 게을리할 수는 없었다. 수다를 접고 한 시간 남짓 연습을 하고 났더니 배가 고팠다.

"배고프다. 우리 뭐 좀 먹고 하자."

"그래, 떡볶이라도 사다 먹자."

학교 밖까지 누가 나갔다 올까 옥신각신하다가 결국 내가 갔다 오기로 했다. 학교 앞 이모분식 앞에 도착하니 먼저 온 손님들이 기다리고 있었다. 이모분식은 제대로 된 분식집이라고 하기에는 쑥스러울 정도로 좁고 허름했다. 안에는 작은 탁자 두 개가 전부고, 밖으로 연결된 판매대 앞에 서서 간단히 떡볶이나 어묵 같은 걸 먹고 가는 학생 손님이 대부분이었다. 그래도 맛은 좋아서 종이컵에 담아 주는 떡볶이가 인기 만점이었다. 축제 연습을 하기 위해 남은 팀들이 많다 보니 요즘 들어 이모분식도 장사가 잘되는 편이었다.

"야, 너 믹서기 아냐? 너도 떡볶이 사러 왔니?"

"어, 민지구나."

떡볶이가 담긴 비닐봉지를 들고 막 돌아서던 참이었던 믹서기가 날 보고 반가운 표정을 지었다.

"텃밭 동아리 부원들하고 같이 먹으려고……. 민지 너는?"

"나는 댄스 연습. 이번 축제 오디션에 나갈 거야."

"그렇구나. 열심히 해라. 나 먼저 간다."

말을 마친 믹서기는 비닐봉지를 들고 교문 쪽으로 돌아섰다. 교문을 향해 걷는 믹서기의 발걸음이 무척 경쾌하게 보였다.

'에이그 참, 나보다 니가 더 열심이다. 땅 파는 게 그리 좋냐?'

속으로 중얼거리며 사라져 가는 믹서기 등 뒤로 입을 죽 내미는데, "뭐 줄까? 떡볶이?" 하는 주인아줌마의 말에 얼른 입을 오므리고 배시시 웃어 보였다.

"야, 저거 믹서기 아니냐?"

순식간에 떡볶이를 해치우고 잠시 쉬고 있는데, 창가에 있던 수경이가 소리쳤다. 우리 반 교실은 후관에 있었고, 후관 바로 뒤에 텃밭이 있었다. 창문 쪽으로 가서 아래를 내려다보니 믹서기와 텃밭 동아리 회원들이 호미를 들고 부지런히 풀을 뽑고 있는 게 보였다. 물론 미술선생님도 함께였다.

"재들 정말 열심이다. 저 일하는 모습 좀 봐라. 오~올, 예술이다. 예술!"

말할 때마다 '오~올' 소리를 붙이곤 하는 미란이가 뒤에 붙어서 감탄을 자아냈다.

"예술? 밭에서 호미질 하는 게 예술이면 우리가 춤추는 건 예술 할머니쯤 되겠다."

"뭐든 열심히 하면 예술이지, 뭐. 안 그러냐?"

어느새 끼어든 은지와 혜림이까지 창밖으로 고개를 내밀며 수다에 동참했다.

"재들 다음 주 토요일에 텃밭에서 삼겹살 파티를 한다더라. 싱싱한 상추에 삼겹살 한 점. 캬, 침이 저절로 넘어간다."

"그런 재미라도 있어야겠지. 근데 재들 배추하고 무까지 심어 놨으니 겨울에 김장도 하겠다고 나설 작정인가 보다."

"왜 안 그러겠어. 미술이라면 충분히 그러고도 남을 거다."

"하여간 미술은 정말 이상해. 다른 것 다 놔두고 하필 밭고랑에 매달린다냐. 고상스럽지 못하게."

"야, 그런 소리 마. 우리 엄마도 텃밭 하나 있으면 좋겠다고 노래를 부르신다."

"하긴, 혜림이 너네 집에도 기다란 화분 갖다 놓고 상추 심어 놨잖아."

"우리 엄마 아빠야 시골 출신이라 그렇다 쳐도, 미대까지 나와서 맨날 청바지만 입고 다니고……. 참 이상하다니까. 나 같으면 화실에서 우아하게 그림이나 그리고 있겠다."

혜림이는 텃밭에 매달리는 미술선생님이 아무래도 이해가 되지 않는 모양이었다.

"그러거나 말거나 우리 연습 더 해야지."

수경이가 창문에서 비켜서며 말했다. 그때 내 눈에 텃밭 한가운데 서 있는 허수아비가 들어왔다. 한눈에도 어설픈 자세로 기우뚱하니 서 있었지만, 밀짚모자까지 씌워 놓은 모습이 제법 그럴듯했다.

"그런데 나는 이상하게 저 허수아비가 맘에 들어. 저것도 미술이 만든 작품인가?"

내 말에 돌아서던 수경이가 다시 창가로 왔다.

"저딴 게 무슨 작품이냐? 빨리 연습이나 하자니까."

"그래도 저 허수아비는 쟤들이 돌아간 다음에도 혼자 텃밭을 지키고 있을 거 아냐. 밤에 무섭지 않을까?"

"헐."

수경이가 기가 막히다는 표정을 지었다.

"너 우리 팀 이름을 '오죽하면'으로 한 것까진 받아 줬는데, 더 이상은 못 봐주겠다. 얘가 떡볶이 먹더니 이상해졌네. 헛소리를 다 하고……. 떡볶이에 이상한 거라도 들어갔나?"

"그게 아니고 텃밭에 허수아비까지 있으니까 그럴듯하잖아. 허수아비가 있는 거 하고 없는 거 하고 다르지. 뭔가 그림이 된다고나 할까?"

"아이고, 여기 시인 한 명 나셨네. 제목, 텃밭과 허수아비. 아주 시를 써라, 시를 써. 아니면 영화를 한 편 찍든지. 허수아비와 함께 춤을! 너도 진작 텃밭 동아리에나 들어가지 그랬냐?"

"근데 텃밭이 나를 거부할 거야. 내 몸매에는 몸뻬보다 미니스커트가 더 어울리거든, 힛!"

나는 마치 미니스커트를 입은 듯 손으로 치마 끝을 잡는 시늉을 내며 그 자리에서 한 바퀴 빙글 돌았다.

"야, 이민지. 자꾸만 이랬다저랬다 하지 말고 정신 차려! 빨리 연습이나 하자니까. 이렇게 농땡이 부리다가 오디션에서 망신당하기 딱 알맞겠다."

"안 되면 허수아비 춤이라도 추면 되지 뭐. 흐흐흐."

"아우, 정말!"

수경이가 주먹을 쥐고 달려드는 시늉을 했다.

"미안, 미안! 이제 정말 연습하자."

어느덧 이틀 뒤면 오디션 날이었다. 그동안 연습한 보람이 느껴질 만큼 호흡도 잘 맞아서 당일에 큰 실수만 하지 않으면 오디션 통과는 문제될 게 없었다.

"연습할 시간이 오늘하고 내일밖에 없으니까 오늘은 조금 더 연습하고 가자."

"숙직하는 기사 아저씨가 또 난리칠 텐데……. 어제도 쫓겨나다시피 했고, 조금 전에도 와서 때때거리고 갔잖아."

수경이의 말에 은지가 걱정스러운 표정을 지었다.

"아, 그 아저씨 정말 밥맛없어. 학교가 자기 건가? 학생이 남아서 축제 연습 좀 한다는데 왜 그렇게 난리야?"

수경이는 자신이 하고 싶고, 마음먹은 건 꼭 해야 직성이 풀리는 편이었다. 그게 공부 쪽이 아니라서 문제이긴 하지만.

"담임선생님도 너무 늦게 남지 말라고 계속 얘기했잖아. 여덟 시까지만 허락한다고 했는데, 벌써 아홉 시가 다 됐어. 집에서도 늦게 다닌다고 엄마가 계속 잔소리한단 말이야."

은지는 여전히 그만했으면 하는 눈치였다. 하지만 그냥 물러설 수경이가 아니었다.

"그깟 한 시간 차인데 뭘 그래. 조금만 더 하고 가자."

"자, 이렇게 떠들 시간에 마지막으로 딱 한 번만 더 맞춰 보고 가자. 수경아, 은지야, 됐지?"

내가 나서서 중재를 하자 수경이와 은지도 마지못해 고개를 끄덕였다.

"그래, 알았다, 알았어. 그럼 실수 없이 깔끔하게 한번 가 보는 거야."

가운데 선 수경이를 중심으로 양옆에서 둘씩 돌아서서 고개를 숙인 채 준비 동작을 취했다. 음악이 나오면 돌아서 있던 사람들이 앞으로 몸을 틀면서 춤이 시작될 거였다. 드디어 음악이 시작되고 몸을 돌리는 순간, 교실이 돌연 암흑으로 변했다.

"뭐야! 누구야! 누가 불을 끈 거야."

"어떡해. 아무것도 안 보여. 누가 빨리 핸드폰 좀 켜 봐."

"그냥 불이 나간 게 아니라 전원을 내렸나 봐. 다른 데도 다 꺼졌어."

"에잇 짱나! 그 재수덩어리 숙직 아저씨가 그런 거 아냐? 후아, 정말!"

너나 할 것 없이 불평을 쏟아 놓으며 어둠 속에서 더듬더듬 자신의 핸드폰을 찾기 시작했다. 특히 수경이의 씩씩대는 말투가 두드러졌다. 겨우 핸드폰을 찾아서 불빛 모드를 켜는 순간, 번쩍하는 불빛이 교실 안으로 들어왔다.

"너희들, 아직도 안 끝냈어? 지금이 몇 신데! 빨리 가야 할 거 아냐!"

숙직 아저씨가 랜턴으로 교실 안을 이리저리 비추고 있었다.

"아저씨! 그렇다고 전원을 내리면 어떡해요!"

수경이가 먼저 나서서 새된 목소리를 내질렀다.

"나도 피곤해 죽겠다. 빨리 세콤도 걸어야 하는데, 니들 때문에 이러지도 저러지도 못하고 있잖아. 약속한 시간도 이미 지났어. 아까 삼십 분만 더 달라고 해서 봐줬는데, 그러고도 또 삼십 분이 지났잖아."

"아무리 그래도 그렇죠. 이제 마지막으로 한 번만 더 하고 가려고 했는데……. 에이, 더러워서!"

수경이의 입에서 거친 목소리가 튀어나왔다.

"뭐, 더러워? 야, 너 이름이 뭐야? 계집애가 어디서 배운 말버릇이야!"

"계집애라서 그래요. 왜요?"

숙직 아저씨가 교실 안으로 들어오더니 수경이 쪽으로 다가섰다. 수경이는 그런 숙직 아저씨 앞에서 한 치도 물러서지 않겠다는 듯 고개를 똑바로 쳐들었다. 아무래도 안 되겠다 싶어서 말려야겠다고 하는 참에 혜림이가 먼저 나섰다.

"알았어요, 아저씨. 저희들 이제 갈게요. 수경아, 빨리 정리하고 가자."

혜림이가 수경이의 팔목을 잡고 뒤로 돌려세웠다. 수경이가 마지못한 듯 뒤로 한 발 물러서자, 숙직 아저씨도 무슨 말인가를 더 하려는 듯 입을 움직거리다가 말았다.

"아저씨, 랜턴 좀 이쪽으로 비춰 주세요. 가방이 안 보이는데……."

혜림이의 말에 숙직 아저씨가 랜턴을 혜림이 쪽으로 돌렸다.

"아, 찾았어요! 너네도 다 찾았니?"

"응, 다 찾았어. 가자."

"책상 줄이라도 대충 맞춰 놓고 가야지."

아저씨의 말은 여전히 무뚝뚝했지만 그래도 조금 전보다는 누그러진 듯했다.

"알았어요. 맞춰 놓고 갈게요."

"니들 걱정돼서 그러는 거야. 누군 이러고 싶어서 그러는 줄 아니? 밤늦게 남아 있다 사고라도 나면 그게 다 내 책임인 거야."

"알았다니까요. 가요. 간다고요."

수경이의 말투는 여전히 뾰족했다. 다행히 아저씨는 그런 수경이에게 더 이상 날을 세우지 않았다. 교실 문을 잠그고 복도를 지나 계단 쪽으로 향할 때까지 아저씨가 뒤에서 랜턴 불빛을 비춰 주었다. 어둠 속에서 랜턴 빛 하나만 흔들리고 있는 복도는 제법 음산했다. 창문이라도 덜컹거린다면 공포 영화의 한 장면이 재현될 것만 같은 분위기였다.

"한밤중에 귀신 놀이도 아니고 이게 뭐냐?"

"그래도 스릴이 있는데……. 미란이, 너 지금 무섭냐?"

"무섭기는……. 귀신도 나같이 예쁜 애는 안 잡아간다고요. 혜림이, 너처럼 못생긴 애라면 몰라도. 히힛!"

"어쭈, 누가 할 소리! 넌 그래서 남친한테 차였냐?"

"뭐? 너 친구한테 그게 할 말이야?"

"야야, 조용히 해. 뭐가 좋다고 떠들고 지랄들이야!"

혜림이와 미란이가 주고받는 수다가 못마땅한지 수경이가 소리를 꽥 질렀다.

"얘들아, 까불지 말고 계단 조심해서 내려가라."

아저씨가 뒤에서 걱정스러운 듯 말했다.

"알았다고요. 지금부턴 핸드폰 불빛 비추면서 가면 되니까 아저씨도 이제 그만 아저씨 볼일이나 보세요."

수경이는 여전히 화가 풀리지 않은 목소리였다.

"앗, 잠깐! 나 교실에 뭐 두고 왔다!"

막 계단으로 내려서던 나는 핸드폰 충전기를 놓고 온 게 생각났다.

"으이그, 누가 덜렁이 아니랄까 봐. 빨리 갔다 와."

혜림이가 한심하다는 표정으로 눈을 흘겼다.

"미안해. 빨리 갔다 올게. 아저씨, 이쪽으로 불 좀 비춰 주세요."

나는 몸을 돌린 다음 교실 쪽으로 종종걸음을 했다. 복도에 있던 아저씨가 옆으로 비켜서면서 랜턴을 교실 방향으로 바꾸어 들었다. 내가 막 교실 문을 열려던 순간이었다.

"아악!"

비명 소리와 함께 아저씨의 랜턴이 다시 계단 쪽을 향했다. 바람에 쓰러진 허수아비처럼 계단에 푹 엎어진 은지의 모습이 불빛 속으로 보였다.

허수아비가 있는 풍경

"미안해, 나 때문에……. 그냥 너희라도 나가. 지금까지 오디션 준비하느라 얼마나 고생하면서 기다렸는데……."

은지는 모든 걸 자기 탓으로 돌렸다. 계단만 헛디디지 않았어도 이렇게 다리에 깁스한 채로 병원 침대에 누워 있지는 않을 거라면서, 잔뜩 풀이 죽은 은지가 우리에게 미안한 표정을 지었다.

"정말 우리끼리라도 나갈까? 그래도 될까?"

혜림이가 슬그머니 눈치를 보며 말했다. 잠시 침묵이 병실 침대 위로 내려앉았다. 선뜻 그러자고 하기도, 안 된다고 하기도 어려운 상황이었다.

"그렇게 해. 난 괜찮으니까."

은지가 다시 친구들을 둘러보며 입을 뗐다.

"혜림이 너, 그딴 소리 하지 마! 은지도 고생했잖아. 그런데 어떻게 우리만 나가? 너희들 은지가 아니고 내가 다리가 부러졌으면 나 빼고 나갈 거야? 그럴 거야? 말해 봐!"

수경이의 말에 아무도 입을 열지 못했다. 혜림이는 아예 고개를 푹 숙였다.

"말해 보라니까! 팀 이름도 오죽하면인데 이제 와서 그럼 사죽하면으로 바꾸냐? 말이 안 되잖아. 그러니까 미련 두지 말고 깨끗하게 포기하는 거야."

"미안해. 정말 미안해. 나 때문에……. 흑!"

급기야 은지가 울음을 터뜨렸다.

"은지가 아니라 나 때문이야. 내가 교실에 충전기만 빠뜨리지 않았어도 같이 손잡고 내려가는 건데……. 흑."

나도 은지를 따라 눈물을 쏟고 말았다.

"지랄들 하네. 야, 그럼 끝까지 더 연습하자고 한 나도 책임이 있는 거네? 정말 웃기고들 있어!"

말을 마친 수경이는 가방을 집어 들었다.

"그게 아니잖아. 그러니까……."

분위기가 이상하게 돌아간다 싶어 미란이가 수경이의 팔목을 잡았다.

"됐어. 난 이만 학원이나 갈란다. 안녕!"

수경이는 미란이의 팔을 뿌리치고 병실 문을 나섰다.

"야, 최수경! 그렇게 혼자 가면 어떡해."

미란이가 수경이를 부르며 뒤따라 나갔다.

"수경이도 속상해서 그래. 아까 가방 집어 드는데 보니까 수경이 눈에 눈물이 맺혔더라."

혜림이의 말이 아니라도 수경이의 심정을 모르지 않았다. 나 역시 속상하고, 억울하고, 아무 데나 대고 마구 소리라도 지르고 싶었다.

담임에게 불려 간 수경이와 나는 늦게까지 남아서 연습하다 사고를 냈다며 야단을 맞았다.

"늦게까지 남은 건 우리 잘못이지만, 그래도 숙직 아저씨도 잘못한 거잖아요. 그렇게 말도 없이 불을 꺼 버리면 어떡해요."

수경이가 볼멘소리로 항변을 했다.

"그래서? 기사님한테 책임을 묻겠다고?"

"최소한 미안하다고는 해야 하잖아요. 그리고 은지 치료비도 그렇고……."

"치료비는 안전공제회에 신청할 거야. 그러니까 그건 신경 안 써도 돼. 숙직 기사님은 니들이 생각하지 못하는 고충이 있어. 교장선생님이 축제 핑계대고 학생들이 늦게까지 남지 못하게 일찍 보내라고 하셨거든. 교장선생님이 그러시는데 학교에서 일하는 분이 그걸 안 따를 수 있어? 실은 나도 교장실에 불려 가서 한소리 듣고 나왔어. 내가 여덟 시까지만 연습하라고 몇 번을 말하디? 니들 욕심 때문에 그렇게 된 거니까 누굴 원망할 생각은 하지 마."

"그렇지만……."

"더 할 얘기가 있어? 은지가 다친 건 안됐지만, 이미 그렇게 된 건 어쩔 수 없는 일이니까 그만 잊어버리도록 해."

담임의 말이 틀린 건 아니었다. 하지만 왠지 억울하다는 느낌을 지울 수는 없었다. 나도 그렇지만 누구보다 연습에 몰두했던 수경이는 더 그럴 터였다.

"그래도요. 아무리 그래도 우리가 얼마나 기다리던 오디션인데요. 마지막 학년이라 정말 축제에 꼭 나가고 싶었단 말예요. 그러니까 정말…… 흑."

고개를 숙인 수경이의 눈에서 눈물방울이 뚝 떨어져 내렸다. 덩달아 내 눈에도 눈물이 맺혔다.

"그냥 막 화가 나요. 그냥 이대로 졸업하면 너무 억울할 거 같아요. 중학교 생활에 아무런 추억도 못 남기고……. 흑흑."

수경이의 울음소리가 더 커졌다. 담임은 그런 수경이를 한동안 가만히 지켜보았다. 수경이의 울음이 잦아들기를 기다렸다가 담임이 다시 입을 열었다.

"나도 너희들 무대에 올라가서 춤추는 거 보고 싶었어. 열심히 연습한 것도 잘 알고 있고……. 그래도 어쩌겠니? 마음 아프겠지만 어차피 포기하기로 한 거니까 빨리 잊어버려. 으이그, 지지리 재수도 없는 것들. 다 울었으면 이제 교실에 올라가. 나도 수업 들어가야 돼."

담임은 자리에서 일어나더니 수경이와 내 어깨를 가볍게 두드린 다음 수업 준비물을 챙기기 시작했다.

교실로 돌아오니 사회선생님이 교탁 앞에 서 있었다. 고개를 까닥하고 말없이 자리로 들어가 앉았다. 사회선생님은 우리에게 아무 말도 하지 않았다. 이미 소문이 나서 모든 선생님이 상황을 알고 있는 터라 굳이 왜 늦었냐고 물어볼 필요도 없다고 생각한 모양이었다. 잔소리를 듣지 않는 것만으로도 다행이라고 생각했다. 수업 중에 슬쩍 수경이 쪽을 바라보니 고개를 푹 수그린 채 꼼짝도 하지 않았다.

그렇게 하루가 가고, 이틀 사흘이 지난 금요일 점심시간이었다. 은지는 첫날만 결석을 하고 바로 깁스를 한 채 학교로 나왔다. 점심을 먹고 몇몇 친구들이 은지 곁에 붙어서 깁스 위에다 낙서를 해 가며 놀고 있었다. 나도 한쪽 귀퉁이에 '은지야~ 빨리 나아서 뛰어다니장♡'이라고 써 넣었다.

"벌써 다리가 가려운데 앞으로 한 달 동안 어떡하니?"

"나도 한 달 동안 네 가방 들어 줄 생각하면 아득하다."

은지의 툴툴거림에 나도 입을 비죽 내밀었다.

"흐흐 미안. 나 지금 화장실 가야 하는데……. 민지야, 수경아, 같이 가자. 어, 근데 내 목발이 어디 갔지?"

그러고 보니 은지 목발이 보이지 않았다.

"어디 있기는……. 남자애들이 가져갔겠지. 야, 은지 목발 누가 가져갔어?"

수경이가 자리에서 일어나서 소리를 질렀다.

"누구냐니까? 빨리 안 가져와?"

수경이가 소리를 지르고 있을 때, 복도에서 목발을 들고 마치 기관총이라도 쏘는 듯한 자세를 취한 채 옆 반 쪽으로 획 지나가는 경호의 모습이 보였다.

"내 그럴 줄 알았어. 야, 탁경호! 너 거기 안 서?"

곧장 교실 밖으로 달려 나가는 수경이를 보며 은지와 나는 어이없다는 듯이 피식 웃었다. 그렇게 수경이다운 모습이 조금씩 살아나고 있었다.

그날, 학교 끝나고 잠시 집에 들러서 학원 갈 준비를 하는데 카톡이 울렸다. 뜻밖에도 믹서기가 보내온 거였다.

안녕, 나 민석이!

반 아이들이 단톡방을 만들어서 함께 대화를 하는 경우는 있지만 평소에 남자애하고 따로 카톡을 주고받는 편이 아니라서 의아한 생각이 들었다.

왜????

딱히 할 말이 없어 그냥 간단히 보냈더니 바로 답톡이 왔다.

낼 오후에 뭐 해?

걍 집에 있을 건데.

텃밭 구경 오지 않을래?

거길 내가 왜 가냥 @@

텃밭 동아리에서 삼겹살 파티 하는데,
친구들 한 명씩 데려와도 된다고 해서.

그래서 나를? 왜 하필……#$%

그냥 마땅히 같이 갈 애가 없으니까……

그런데 그게 왜 나냐고?

그냥…… 싫으면 안 와도 되고.

너 나한테 관심 있냐?

……그게 아니고.

됐거덩. 그렇잖아도 오디션 못 나가서 꿀꿀
한데, 내가 지금 텃밭에서 너랑 낄낄대면서
삼겹살 먹고 있게 생겼냐?

그렇구나. 미안 ㅠㅠ

생각할수록 기분이 묘했다. '믹서기가 나를 좋아하나? 대체 왜 이런 뜬금없는 메시지를 보냈는지 다시 카톡을 보내서 물어볼까?' 별생각이 다 들었다. 평소에 믹서기와 다정하게 이야기를 주고받은 적이 없던 터라 더욱 궁금했다. 1학기 말쯤에 화단 앞에서 나팔꽃과 메꽃에 대해 잠깐 이야기를 주고받은 게 생각나기는 했지만, 그땐 우연히 만나 몇 마디 나누었을 뿐이었다. 그런 식으로 따지면 같이 이야기를 나눈 게 수십 번은 될 거였다. 하지만 그건 같은 반에 속해 있기 때문에 생긴 자연스러운 접촉 이상이 아니었다. 대체 왜? 의문이 뭉게구름처럼 일었지만 더 이상 생각하고 싶은 기분이 들지 않았다. 그 순간 갑자기 학원 숙제가 있었다는 게 떠올랐기 때문이다.

에이, 나도 모르겠다. 왜 이렇게 귀찮은 일만 생기지? 학원 선생님한테 혼날 각오를 하고 일어서려는데, 또 카톡이 울렸다. 이번에도 믹서기였다.

> 사실은 오디션 때문에 속상할 것 같아서 기분 풀어 주려고 했던 건데…… 내가 생각이 짧았나 봐. 미안해!

헐! 이건 또 뭐야. 얘 정말 웃기네. 답장을 해서 쏘아붙이려다 만사가 귀찮아서 그냥 가방을 둘러메고 집을 나섰다.

오디션 실패 이후 나머지 중3 시절은 소소한 일상에 묻혀 그냥저냥 흘러갔다. 특별한 일도 없었고, 그렇다고 마냥 우울하기만 한 것도 아니었다. 쉬는 시간마다 친구들과 수다 떠는 재미에다 학교 끝나고 돌아가는 길에 이모분식에 들러 떡볶이를 사 먹는 즐거움도 여전했다. 겨울 방학식 날에는 '오죽하면' 팀끼리 노래방에 가서 원 없이 놀기도 했다.

참, 한 가지 더 재미있었던 건 겨울 방학을 며칠 앞두고 함박눈이 내리던 날, 반 아이들하고 눈밭에서 구르다시피 하며 놀았던 일이다. 어차피 기말고사도 끝나고 고입 원서도 다 썼기에 선생님을 졸라 한 시간 동안 뒤뜰에 나가서 눈사람을 만들고 눈싸움도 하며 놀았다. 몇몇 아이들이 쓰레받기까지 들고 나와서 눈을 퍼 담아 던지며 노는 바람에 선생님께 야단을 맞기도 했지만, 그조차도 즐거운 추억으로 남았다. 그날 텃밭 자리에 있던 허수아비를 누가 쓰러뜨렸는지는 기억에 없다. 다만 눈밭에 누워 있던 허수아비를 믹서기가 다시 일으켜 세우던 장면만은 또렷이 떠오른다. 허수아비를 바로 세운 다음 양손으로 허수아비 몸통과 밀짚모자에 묻은 눈을 털어 내고 잠시 그윽한 눈길로 바라보던 믹서기의 모습까지도.

고등학생

고등학교 생활은 생각보다 힘들었다. 중3 때 선생님들이 고등학교 들어가자마자 중학교 시절이 그리워질 거라고 했는데, 과연 틀린 말이 아니었다. 교칙도 엄한 데다 수업 내용도 따라가기 힘들었다. 더구나 친한 친구들과 헤어지는 바람에 새로운 교실에서 새로운 친구들을 만나서 적응하느라 한동안 눈치껏 생활해야 했다. 친한 친구 중에 같은 고등학교에 들어온 건 혜림이 한 명뿐이었다. 그나마 반이 달라서 자주 보지도 못했다.

"다음 주 중간고사 때 중학교에 놀러 가자."

점심시간에 우리 반 교실로 찾아온 혜림이의 제안에 고민할 것도 없이 바로 승낙했다. 혜림이가 말을 꺼내기 전에 내가 먼저 그러자고 하려던 참이었다.

"수경이네 학교도 다음 주에 중간고사랬어. 연락해서 같이 가자."

"걱정 마셔. 수경이가 먼저 카톡 보내왔더라. 같이 가자고……."

"잘됐다. 중학교 들렀다가 모처럼 우리끼리 노래방도 가고……. 참, 시험 기간이지. 에휴."

"그나저나 고등학교 첫 시험인데 걱정된다."

혜림이는 고등학교 들어와서 공부 쪽으로 마음을 확실히 잡은 모양이었다. 독서실까지 등록하고는 학원 끝나면 바로 독서실로 가서 밤 열두 시까지 있다 온다고 했다.

"나야말로 걱정이다. 너는 그래도 열심히 하잖아. 난 도대체 뭐냐? 괜히 인문계 왔나 봐. 특성화고등학교나 갈걸."

사실 그랬다. 중학교 때 공부도 제대로 안 했지만, 내심 특성화고등학교 디자인과에 갈 생각을 했었다. 집에서 엄마한테 그런 얘기를 꺼냈다가 잔소리만 잔뜩 듣고 말았던 기억이 새삼 떠올랐다.

"그래도 대학교는 가야지. 고등학교 나와서 바로 취직한다고 하지만, 나중에 사회생활 하다 보면 반드시 후회하게 돼 있어. 요즘 세상에 대학 나와서도 사람 노릇하기 힘든데, 고등학교만 나와 봐라. 무시당하기 딱 알맞고, 같은 일을 해도 월급 차이가 얼만지 아니?"

"그래도 난 공부에 취미가 없는데. 소질도 없고……."

"취미는 붙이면 되지. 누군 공부가 좋아서 하는 애들이 있는 줄 아니? 그런 변명 할 시간 있음 학원이나 열심히 다녀!"

엄마는 자신이 대학을 가지 않은 게 지금까지도 가장 후회된다고 했다. 그래서 자식만큼은 반드시 대학을 보낼 거라고 다짐했다는 말도 종종 했다.

"그때 너희 아빠만 안 만났어도 야간대학이라도 가서 공부를 더 하는 건데……."

엄마는 다니던 회사에서 아빠를 만났다고 했다. 짧은 연애 끝에 결혼하고 살림에 직장 생활까지 하느라 더 이상 공부에 대한 꿈을 키워 가지 못했다고 했다. 언니하고 나를 낳은 다음에는 더욱 그러했을 것이다.

그때 더 강력하게 엄마에게 내 주장을 펼칠 걸 그랬다는 후회를 할 때도 있지만 이미 운명의 수레바퀴는 인문계 쪽으로 쑥 굴러들어 오고 난 다음이었다.

"에잇, 다음 시간이 수학이잖아. 한 시간 동안 또 멍하니 앉아 있게 생겼군."

툴툴대는 사이에 어느새 5교시 시작종이 울리고 있었다.

모처럼 만난 친구들은 여전했다. 곧 있으면 여름이지만 아직 봄이라고 우기고 싶은 날씨였다. 중학교로 향하는 동안 마음이 자꾸만 부풀어 올랐다. 망친 시험 따위 개나 줘 버려, 하는 심정이었다.

봄바람 휘날리며
흩날리는 벚꽃 잎이
울려 퍼질 이 거리를
둘이 걸어요.

평소에 감정 표현을 많이 하고 흥을 잘 타는 미란이가 버스커 버스커의 노래를 흥얼거렸다. 그러자 혜림이가 한마디 했다.

"야, 벚꽃도 다 졌는데, 무슨 그런 노래를 부르냐?"

"그러게 말이야. 고등학생 됐다고 벚꽃 구경도 제대로 못 한 채 봄이 다 가 버렸다, 야."

옆에서 은지도 거들었다.

"웃기고들 있네. 은지 너는 그럼 고등학생 됐다고 공부만 파고들었냐?"

수경이 목소리는 변함없이 하이톤이었다.

"나야 뭐 그런 건 아니지만…… 그래도 혜림이는 열공 재미에 빠졌다던데, 민지야, 맞니?"

"응, 맞아. 혜림이가 얼마나 열심히 공부하는데. 중학교 때 혜림이가 아니라니까. 얘 살 빠진 거 봐라."

"살은 무슨 살이 빠졌다고 그래. 어쨌거나 고등학생이 됐으니까 이제부터라도 공부를 해야 할 것 같아서. 헤헤."

그대여 우리 이제 손잡아요. 이 거리에
마침 들려오는 사랑 노래 어떤가요.
사랑하는 그대와 단둘이 손잡고
알 수 없는 이 거리를 둘이 걸어요.

친구들이 수다를 떨거나 말거나 미란이는 계속 노래를 불러 댔다.

"사랑하는 그대도 없으면서 그런 노래만 부르면 뭐하냐? 아무리 희망사항이라지만……."

"놔둬. 작년에 철민이하고 헤어진 다음에 얼마나 마음 아파했는데……."

"그랬지. 그때 노래방에서 눈물 질질 짜고 그랬잖아. 흐흐."

"흥! 철민이는 철민이고, 두고 봐. 올해 안에 다시 남친을 만들고 말 테니까."

미란이는 고개를 홱 돌리더니 "사랑하는 그대와 단둘이 손잡고" 노랫말과 함께 두 팔을 벌려서 춤추는 듯한 동작으로 앞장서 걸었다.

"야, 강미란! 같이 가."

오랜만에 '오죽하면' 팀이 모인 탓인지 다들 들뜬 기분이었다. 중학교 정문에 다다를 때까지 수다와 웃음이 끊이지 않았다.

중학교는 변함이 없었다. 하긴 졸업한 지 몇 달밖에 지나지 않았으니 달라질 게 뭐 있겠는가. 아닌가? 시간이 많이 흐른 뒤에 찾아와도, 중학교는 늘 그 자리에서 우리를 변함없이 반겨 주려나? 묘한 기분에 사로잡힐 무렵, 혜림이가 곁에서 중얼거렸다.

"우리 다닐 때랑 똑같은 거 같은데, 뭔가 좀 낯선 느낌이 난다."

혜림이의 말에 나도 같은 기분이 들어 고개를 끄덕였다.

"우리가 고등학생이 돼서 그런가 봐."

"맞아, 우리 이제 고등학생이지?"

혜림이의 말에 은지와 수경이가 대화를 주고받으며 감개무량한 표정을 지었다.

"선생님~!"

교무실에 들어서자마자 수경이는 작년 담임선생님을 크게 부르며 달려갔다. 그러고는 선생님을 껴안고 "선생님, 보고 싶었어요." 하면서 눈가에 눈물을 글썽 매달기까지 했다.

"나도 수경이 보고 싶었는데. 우리 수경이 고등학생 되더니 더 예뻐졌구나."

"헤헤, 제가 원래 좀 예쁘잖아요. 말썽을 가끔 부려서 그렇지."

"그래, 그래. 수경이 없으니까 심심하더라. 말썽쟁이들이 왜 보고 싶은 건지 모르겠어. 하하. 아, 민지와 은지도 왔구나. 다들 고등학교 생활 잘하고 있니?"

"그럼요."

담임은 이구동성으로 대답을 하는 나하고 은지도 차례로 안아 줬다. 야단칠 때는 차갑게 보여도, 공부를 잘하거나 못하거나 아이들을 차별하지 않아서 좋았던 담임이다.

"근데 선생님, 우리 다시 중학교로 내려오면 안 돼요?"

은지의 애교와 투정이 섞인 말에 담임은 손사래를 쳤다.

"아이고, 니들을 또 가르치라고? 그것만큼은 사양하겠어요."

"고등학교 가니까 정말 장난이 아네요. 중학교 시절이 너무 그리워요."

"그러게 있을 때 잘하라고 내가 줄곧 말했잖아. 요 깍쟁이들아!"

"그래도 이렇게 선생님 만나니까 너무 좋다. 헤헤. 선생님, 올해도 3학년 담임 해요?"

"아니, 올해는 1학년 맡았어. 2년 연속 3학년만 하다 보니까 새로운 애들을 만나고 싶어서."

"중학교 1학년이면 정말 애기들이잖아요. 와, 귀엽겠다."

은지가 과장된 말투로 말했다.

"어쭈, 니들은 다 컸다 이거냐? 고등학교 선생님들은 니들 보고 귀엽다고 할 거다."

"히힛, 그렇긴 하죠. 우린 영원히 귀염둥이로 남을 거예요. 그렇지, 민지야?"

"근데 선생님, 다른 애들은 안 왔다 갔어요?"

"어젠 남자애들이 왔다 갔는데, 오늘은 여자애들이 왔네."

"남자애들 누구요?"

"경호하고 준태, 그리고 근우가 왔더라."

"탁경호? 경호가 왔어요? 야, 진짜 나한테 말도 안 하고, 혼자만……."

"그러고 보니 경호가 수경이 너하고 같은 학교랬지?"

"네. 그래서 짜증나요. 경호 걔는 정말 보고 싶지 않았는데, 고등학교까지 따라올 게 뭐예요."

"경호도 아마 똑같이 생각할걸? 너희 맨날 앙숙처럼 으르렁거렸잖아. 원수는 외나무다리에서 만나는 법이라니까. 하하."

수경이와 경호는 둘 다 성격이 강해서 작은 일에도 서로 지지 않으려고 했다. 그러다 보니 둘이 말싸움하는 일이 잦았다. 급식실에서 경호가 비집고 들어와 새치기를 하려고 할 때마다 수경이가 눈을 부릅뜨고 지적하곤 했다. 경호가 원래 내 자리였다고 하면, 수경이는 거짓말 좀 작작하라며 소리치는 식이었다.

“그래도 같은 학교 갔으니까 친하게 지내야지. 경호가 좀 날뛰기는 해도 아주 속이 없는 애는 아냐.”

“다행히 같은 반은 아니라서 마주칠 일이 없긴 한데……. 그래도 재수 없어요.”

수경이가 입을 샐쭉 내밀었다.

“그러면서 아까는 경호가 말도 없이 자기만 왔다고 툴툴거리는 건 또 뭐냐?”

“앗, 그랬나요? 하긴, 같이 가자고 해도 싫다고 했을 테지만. 헤헤.”

“수경이가 단원고등학교라고 그랬지? 거기 또 누가 갔지?”

“여자는 저 혼자예요. 다른 반 여자애들은 몇 명 왔지만…….”

“야, 믹서기도 단원 아니니?”

은지가 끼어들며 말했다.

“그렇긴 한데 걔는 또 샌님이잖아. 어쩌다 마주치긴 하는데 맨날 혼자 다니더라고. 하여간 나하고 맞는 애들은 하나도 안 왔다니까.”

한참을 담임과 이런저런 얘기를 나누는 동안 자기 담임들을 찾아갔던 미란이와 혜림이가 다시 왔다. 담임에게 작별 인사를 하고 교무실을 나오며 수다를 이어 갔다.

"야, 우리 모처럼 이모분식에 떡볶이나 먹으러 가자."

"당연하지. 가자!"

"오늘은 내가 쏠게."

"정말? 미란이 너 용돈 받았냐?"

현관을 나와서 교문 쪽으로 향하는데, 멀리서 남자애 한 명이 걸어오고 있었다.

"야, 쟤 믹서기 아니니?"

"오~올, 정말 믹서기 맞네."

"정말 작년 우리 반 애들은 의리 있다. 우리 반창회라도 만들어야 할까 보다."

수경이가 신기하다는 듯이 말을 꺼내자 은지가 불쑥 딴지를 걸었다.

"반창회? 같은 단원고에 갔으면서도 경호 따로 너 따로, 거기다 믹서기도 따로 노는데 반창회는 무슨 반창회냐?"

"하긴, 우리 '오죽하면' 팀도 자주 못 만나는데……."

수경이가 동의한다는 표정으로 고개를 끄덕였다.

"야, 믹서기! 오랜만이다."

은지가 소리쳐 부르자 믹서기가 우리 쪽으로 눈길을 돌렸다. 은지가 손을 흔들어 반가움을 표하자, 믹서기도 손을 흔들었다.

“믹서기, 너도 담임 만나러 온 모양이구나.”

“어, 너희는 벌써 왔다 가는 거니?”

“그래, 반갑다. 우린 먼저 갈 테니까 잘 만나 뵙고 가.”

“그래, 안녕!”

믹서기와 헤어진 다음 교문 쪽으로 몇 걸음 옮기다 나도 모르게 뒤를 돌아보았다. 믹서기가 현관 쪽으로 달려가고 있었다. 미술선생님이 그 앞에서 환히 웃으며 손을 치켜들고 있었다.

제2부

무서운 바다

그날

그날 이후 모든 추억은 산산조각 났다. 느닷없이 날아든 돌멩이에 유리창이 깨지는 것처럼 이 세상의 모든 아름다움이 순식간에 사라졌다. 누구도 예상할 수 없었던 그날의 참사로 인해 슬픔이 다른 모든 감정을 삼켜 버렸다.

"선생님, 단원이라는 말 안 쓰면 안 돼요?"

나도 모르게 목소리가 터져 나왔다. 그리고 책상 위에 얼굴을 묻었다. 아, 왜 이렇게 바보같이 눈물이 멈추지 않는 걸까?

"오늘 몇 단원 할 차례지? 4단원인가?"

사회 시간이었고, 교탁 앞에서 선생님이 교과서를 들추며 오늘 나갈 진도를 확인하고 있었다. 그뿐이었다. 늘 되풀이되는, 어제 혹은 그제와 하나도 다름없는 교실의 풍경과 언어였다. 그런데 왜 나는? 허공에서 빗물이 들이치는 느낌에 몸을 떨며 책상에 엎드린 채 흐느꼈다. 선생님도 반 아이들도 한동안 아무 말도 꺼내지 않았다.

"102쪽이로구나. 오늘 배울 부분은…… 우리나라의 정치 제도와 민주주의…… 에 대해서인데…… 그러니까……."

한참 만에 입을 뗀 선생님의 말이 자꾸만 끊어졌다. 아이들도 어색한 분위기에 젖어들었다. 무거운 침묵을 뚫고 교과서 펼치는 소리만 교실 바닥으로 내려앉고 있었다.

결국 조퇴하기로 했다. 고개를 숙이고 선 나에게 담임선생님은 말없이 조퇴증을 끊어 주었다. 정원이가 걱정스러운 표정으로 현관 앞까지 따라 나왔다. 정원이는 정말 괜찮겠느냐고 몇 번을 물었다. 나는 괜찮으니 걱정하지 말라며 애써 눈웃음을 지어 보였다. 마침 수업 시작종이 울려서 정원이는 교실로 돌아갔다. 정원이는 2학년이 되면서 같은 반에 배정받아 친해진 친구였다. 정원이도 자기 친구가 희생됐다고 했다. 그래서 둘이 마주 안고 울기도 많이 했다. 정원이만이 아니었다. 졸업한 중학교는 서로 달랐지만 대부분의 친구들이 단원고와 연결되어 있었다.

운동장 위로 환한 햇살이 내려앉고 있었다. 너무 환해서 차마 햇살을 마주하고 싶지 않았다. 운동장 옆 벤치에 무너지듯 앉아 두 손으로 얼굴을 감쌌다. 또다시 눈물이 주르륵 흘러내렸다.

그 끔찍한 날로부터 벌써 이십여 일이 지났다는 게 믿기지 않았다. 시간은 어김없이 흘러갔으나 고통은 흘러가지 않고 그대로 고여 있었다. 맹골수도! 팽목항! 생전 듣도 보도 못한 지명들이 아프게 박혀 빠져나갈 줄을 몰랐다. 밤마다 수경이가 나를 향해 내뻗는 손이 차가운 물살과 함께 밀려왔다 떠밀려 갔다. 제대로 잠을 잘 수가 없었다. 귀를 막아도 살려 달라는 수경이의 목소리가 달라붙어 떨어지지 않았다. 얼마나 무서웠을까? 얼마나 애타게 엄마 아빠를 소리쳐 불렀을까? 얼마나 추웠을까? 얼마나 하느님을 찾고 또 찾았을까? 상상하는 것조차 힘들어 어둠 속에서 세차게 도리질을 하곤 했다.

수경이는 일주일 만에 뭍으로 올라왔다. 한달음에 달려간 영안실에서 수경이는 교복 입은 모습으로 활짝 웃고 있었다. 저게 영정 사진이라는 건가? 현실과 비현실의 경계가 어디까지인지 감을 잡을 수 없었다. 믿을 수 없다는 말, 믿겨지지 않는다는 말만이 뇌리에서 맴돌면서 눈앞이 점점 하얘졌다. 그리고 얼마나 지났을까? 정신을 차리고 보니 혜림이와 내가 껴안은 채 울고 있었다. 중학교 때 같은 반이었던 민정이도, 다은이도……. 처음 보는 얼굴들도 있었지만, 다들 눈물범벅인 채로 말이 되어 나오지 못하는 신음이나 통곡만이 영안실을 가득 채우고 있었다.

“아이고, 우리 수경아! 신발도 못 신고…… 맨발로…… 얼마나 발이 시렸을까! 그 추운 곳에서, 그 차가운 바닷속에서 얼마나 엄마가 보고 싶었니? 미안해서…… 미안하고 불쌍해서 어쩌니? 아이고…… 내 딸 수경아, 수경아! 아이고…… 흐억, 헉!”

영정 앞에서 흐느끼던 수경이 엄마는 숨이 막히는지 자꾸만 가슴을 쥐어뜯었다. 곁에 있던 사람들이 그런 수경이 엄마를 억지로 부축해서 데리고 나갔다.

뒤늦게 영안실로 달려온 미란이와 은지도 수경이 사진 앞에서 하염없이 눈물을 쏟았다. 그런 모습을 수경이는 왜 그러냐는 듯 바라보며 여전히 예쁜 웃음을 짓고 있을 뿐이었다.

다음 날도 수업이 끝나자마자 영안실로 향했다. 온종일 무엇을 배웠는지, 수업 시간에 선생님이 무슨 말을 했는지 하나도 기억나지 않았다. 수경이와 웃고 떠들던 시간과 장소 들만 온통 머릿속을 채우고 있었다. 그렇게 풀리기 시작한 기억의 필름 다발을 감으려 해도 되감아지지 않았다. 수경이 앞에 서자 또 눈물부터 나왔다.

접객실 한 구석에 친구들하고 앉아 있는데, 옆 테이블에서 어른 몇이 두런두런 주고받는 소리가 들렸다. 그래도 일찍 올라와서 다행이라고 했다. 아직 바닷속에 갇힌 애들도 있지 않느냐고 했다. 그런 부모들 마음은 지금 어떻겠느냐고, 수경이는 그나마 일찍 올라와서 효도한 거라고도 했다.

뭐가 다행이야! 뭐가 다행이냐고! 살아왔어야 다행이지! 벌떡 일어나 소리치고 싶었다. 아니, 차라리 귀를 막고 싶었다. 더 이상 그 자리에 있기가 힘들어서 말없이 일어섰다. 영안실 건물 뒤편으로 가서 쭈그리고 앉아 훌쩍이고 있는데, 누가 와서 내 어깨를 감싸 안았다. 미란이었다. 우리는 끌어안고 함께 울었다.

"이제 겨우 열여덟 살이잖아. 우리가 뭘 그렇게 나쁜 짓을 했니?"

꺽꺽 울면서 미란이가 목소리를 겨우 쥐어짜 냈다.

"이게 뭐야. 이게 뭐냐고? 왜 그렇게 못 구했는데……. 수경이가 너무 불쌍해. 아니 우리 모두가 전부 불쌍해."

미란이 목소리가 점점 커졌다. 그러더니 다시 고개를 묻고 엉엉 소리를 내며 울부짖었다. 우는 것 말고 우리가 할 수 있는 일은 하나도 없었다.

벤치에서 천천히 몸을 일으켰다. 햇살은 여전히 눈부시게 운동장 가득 꽂히고 있었다. 그런 햇살을 받으며 공을 차거나 줄넘기하는 아이들이 보였다. 멍하니 운동장 풍경을 바라보다 교문 쪽으로 발걸음을 옮겼다. 발걸음이 한없이 무거웠다.

어디로 가야 하지? 어디로 갈까? 아무리 생각해도 갈 곳이 없었다. 이제 수경이를 만나려면 화랑유원지에 있는 합동분향소로 가야 했다. 아니면 수경이가 다니던 단원고 교실로 가면 될 일이었다. 거기 가면 여전히 웃고 있는 수경이가 반겨 줄 거였다. 하지만 수경이가 웃고 있는 곳은 네모난 액자 속에서일 뿐이었다. 영원히 유리 액자 속에 갇혀 있어야 하는 수경이가 불쌍했다. 수경이다우려면 답답한 액자 속에서 당장에라도 뛰어나와 "야, 너네들 나만 빼고 어디 가는 거야. 이 의리 없는 것들아!" 하며 소리를 빽 질러야 했다.

발길을 멈추고 보니 단원고 앞이었다. 교문을 지나 언덕길을 올라가면 수경이가 공부하던 교실이 나올 터였다. 하지만 발걸음은 도로 건너편 교문 쪽으로 향하지 못하고 제자리에 머물러 있었다. 정문 주변 여기저기에 걸어 놓은 현수막이 눈에 들어왔다. 현수막을 채우고 있는, 아이들이 어서 빨리 돌아와 주기를 바라는 마음을 담은 글귀들, 미안하다는 고백들, 더 이상 가만있지 않겠다는 다짐들. 하나하나 다 읽기도 전에 눈앞이 뿌예졌다.

한참을 그렇게 서 있다 등을 돌렸다. 등 뒤쪽으로는 서양에서나 볼 법한 예쁜 풍차가 있었고, 자그마한 정자도 있었다. 여기다 왜 풍차를 세워 두었을까? 하필이면 돌지도 못하는 풍차를! 지금 이 자리에 돈키호테가 서 있다면 저 풍차를 향해 돌진하게 될까? 마치 정의의 사도처럼! 하지만 정의라는 말을 떠올리자마자 저절로 도리질이 쳐졌다. 그러다가 갑자기 경호가 떠올랐다. 천방지축에 생각이란 게 없는 아이처럼 아무 때나 설치며 나대기 잘하던 경호. 그런 경호가 아직 돌아오지 못했다는 데 생각이 미쳤다. 배가 가라앉은 지 한 달이 다 되도록 바다에 머물고 있는 아이들이 있었다. 경호가 지금 이 자리에 있다면 풍차를 향해 가짜 창이라도 들고 "내 창을 받아라, 얍!" 하면서 달려들 것 같았다. 로시난테라고 했던가? 돈키호테가 타고 다니던 말이 없어서 조금 모양이 빠지기는 하겠지만. 그러고 보니 경호의 목소리가 새삼 그리웠다. 같은 교실에서 생활하는 동안 아웅다웅한 시간이 많았고, 중학교 졸업 후 길거리에서 두세 번 마주친 게 전부였지만 그래도 아주 밉상은 아닌 친구였다. 경호가 풍차에 맞서고 있는 모습을 상상하자 피식 웃음이 나왔다. 그런데 네덜란드 같은 나라의 풍경에나 어울릴 풍차를 왜 이곳에 세워 둔 걸까? 유럽은 여기서 먼 곳이라지만 경호가 머물고 있는 바닷속 나라는 그보다 더 멀고도 먼 곳에 있는 게 분명했다. 돌지 않는 풍차의 날개를 바라보다 다시 발길을 돌렸다.

마땅히 갈 곳을 정해 놓지 않았던 발걸음은 풍차가 서 있는 바로 뒤편에 자리 잡은 공원으로 향했다. 집으로 가기에는 시간이 이르거니와 마음도 동하지 않았다. 아무 곳이든지 그냥 걷고만 싶었다. 공원에는 사람들이 많지 않았다. 혼자서 혹은 두셋이 짝지어 산책을 하거나 벤치에 앉아 쉬는 사람들이 더러 눈에 띌 뿐이었다.

더 이상 갈 곳도 없어 사람들이 앉지 않은 나무 벤치를 찾았다. 벤치에 앉아 공원 풍경을 멍하니 바라보고 있노라니 이번에는 믹서기 생각이 났다. 믹서기도 아직 바다에서 나오지 못했다. 중3 때 같은 반이었던 친구 중에 수경이와 경호, 믹서기가 진도 앞바다로 끌려들어 갔다. 한 번도 상상조차 해 보지 못한 일이 눈앞에서 펼쳐졌을 때 어른들은 넋을 잃는다고 했다. 지금 내가 그랬다. 정말로 시간이 어떻게 지나갔는지 제대로 생각나지 않았다. 생각 대신 막막하고 캄캄한 바다에 갇힌 듯한 느낌이 앞을 가로막았다. 혼자 있을 때면 핸드폰에 다운받아 놓은 음악을 듣고는 했다. 하지만 그렇게 좋아하는 샤이니 노래조차 듣기 힘들었다. 대신 임형주가 부른 추모곡 '천 개의 바람이 되어'를 가끔 듣곤 했다. 그러나 그 노래도 더 이상 듣고 싶지 않았다. 추모라니! 친구가 친구를 추모하다니! 수경이도 나도, 경호도 믹서기도 이제 겨우 열여덟인데. 추모나 위로 같은 그런 건 아무런 힘이 되지 않았다. 그냥 세상 전체가 무섭다는 생각만 가득했다. 벤치에 앉아 있는 동안 머릿속은 점점 더 어지럽게 얽혀 들었다.

'어, 재는 믹서기 아냐?'

머리가 지끈 아파 와서 잠시 눈을 감았다 뜨니 공원 저편에서 배드민턴 채를 들고 가는 남자가 보였다.

"야, 믹서기!"

나도 모르게 소리를 질렀다. 벤치에서 벌떡 일어나 손을 흔들었으나, 건너편 남자는 이쪽을 힐끗 쳐다보더니 그냥 가던 길을 갔다. 믹서기와 전혀 닮지 않은 얼굴에 나이도 훨씬 많아 보였다. 그런데 왜 믹서기로 보였을까? 나는 무안함에 들었던 손을 슬그머니 내리며 고개를 숙였다. 발끝에 내려앉은 햇살이 아프게 눈을 찔렀다.

닫힌 문

유월이 시작되고 있었다. 경호와 믹서기도 차가운 바닷속에서 나와 부모님 품으로 돌아갔다. 아직 발견하지 못한 친구들과 승객들도 있었으나 미수습자 수색 작업은 더디기만 했다.

혜림이가 중앙역 앞에 먼저 와서 기다리고 있다며 연신 카톡을 보내왔다.

미안해. 조금만 기다려.

답톡을 보내며 발걸음을 서둘렀지만 이미 약속 시간이 지나 있었다. 저녁 시간이라 그런지 한낮의 더위가 조금씩 가라앉고 있었지만 종종걸음 탓인지 이마에 맺힌 땀방울이 양 볼을 타고 흘러내렸다.

"혜림아, 늦어서 미안! 갑자기 엄마가 심부름을 시키는 바람에…….”

“야, 내가 좀 일찍 나오랬잖아. 얼마나 기다렸는 줄 알아?”

“아이구, 우리 삐순 씨 또 삐쳤구나. 미안하다고 했잖아. 그러니까 한 번만 봐줘라. 응?”

나는 일부러 애교 작전으로 나갔다.

“어휴, 내가 정말…….”

“미안하다니까. 그런데 피켓은?”

“응, 저기 저쪽에 세워 뒀어.”

혜림이가 서명대 책상 옆에 두었던 피켓 두 개를 들고 왔다.

“자, 이건 네 거.”

피켓을 받아들고 혜림이와 나란히 섰다. 건네받은 피켓에는 ‘친구들이 보고 싶어요. 진실을 밝혀 주세요!’라는 글귀가, 혜림이가 들고 있는 피켓에는 ‘왜 안 구했나요? 왜 가만히 있으라고 했나요?’라는 글귀가 적혀 있었다. 어른들이 들고 있는 피켓에는 ‘진상 규명. 책임자 처벌’, ‘가만히 있지 않겠습니다’와 같은 구호가 쓰여 있었고 서명대 앞에서는 마이크를 든 사람이 역사를 드나드는 이들에게 서명해 줄 것을 호소했다.

“안산 시민 여러분, 지금 세월호 참사에 대한 진상을 규명하고 책임자 처벌을 요구하는 서명을 받고 있습니다. 지금도 진도 앞바다에는 우리의 어린 친구들이 차가운 바다에 갇혀 있습니다. 정부는 구조할 책임을 다하지 않으면서 자신들의 잘못을 감추기에 급급하고 여전히 무능한 모습만 보이고 있습니다. 사상 최대의 구조 작전을 펼치고 있다는 거짓말을 하는 동안에도 아이들은 구조의 손길을 애타게 기다리다 억울하게 숨져 갔습니다. 정부는 지금이라도 구조 실패에 대해 사과하고 책임을 져야 합니다. 다시는 이런 비극이 되풀이되지 않도록 바쁘시더라도 서명을 부탁드립니다."

많은 사람들이 발길을 멈춘 다음 서명을 해 주었고 몇몇은 모금함에 돈을 넣고 갔다. 음료수나 빵 같은 것을 들고 와서 건네는 사람들도 있었다. 학생들이 애쓴다며 우리에게도 음료를 건네주곤 했다.

"미란이하고 은지는 오늘 못 온대."

혜림이가 비스듬한 피켓을 고쳐 들며 말했다.

"응, 나도 카톡 받았어. 실은 나도 엄마가 너무 자주 나간다고 눈치를 줘."

"우리 엄마도 그래. 처음에는 나하고 같이 부둥켜안고 울고, 수경이 어떻게 하느냐고, 애들 불쌍해서 어떡하면 좋으냐고 그랬는데……. 그놈의 공부가 뭔지, 휴~."

"그래도 너는 엄마가 시장이나 교회에 가서 서명도 받아다 주고 그랬잖아."

"그랬지. 지금도 크게 뭐라고 하지는 않아."

피켓을 들고 서 있는 동안 혜림이와 이런저런 얘기를 주고

받았다. 처음에는 미란이와 은지까지 네 명이 함께하기로 했지만 각자 스케줄이 있다 보니 네 명 모두 나오는 날은 많지 않았다.

피켓을 들기로 마음먹은 계기는 중학교 때 미술선생님 때문이었다.

스승의 날을 앞두고 현직 교사들이 자신들의 이름을 밝히며 청와대 게시판에 세월호 침몰과 아이들의 희생에 책임을 지고 박근혜 대통령이 퇴진하라는 글을 올렸다고 했다. 처음에는 용기 있는 선생님들이라고만 생각했다. 그러다가 친구들이 보낸 선언문의 내용을 카톡으로 받아 보게 됐고, 글 뒤에 실린 교사들의 명단에서 미술선생님 이름을 발견한 것이다.

선언문은 '세월호 침몰로 희생당한 이들을 추모하고, 가족들의 슬픔과 분노에 함께합니다'라는 말로 시작했다. 그리고 다음과 같은 내용으로 마무리를 지었다.

'이에, 교사인 우리는 교사의 '존재 이유'였던 모든 이들이 다시 살아와 그들을 사랑하는 모든 사람들의 가슴에서 환한 모습으로 영원히 살 수 있도록 절대로 잊지 않을 것이며, 가만있지도 않을 것입니다. 아울러 사람의 생명보다 이윤을 앞세우는 자본의 탐욕을 저지하고, 무능과 무책임, 몰염치, 기만과 교만에 가득 찬 박근혜 정권의 퇴진을 요구하는 운동에 나

설 것임을 선언합니다. 앞으로 살아 있는 날이 더 이상 부끄럽거나 욕되지 않도록 함께 나설 것입니다.'

"야, 미술선생님 잘리게 생겼어. 어떡해!"

선언문을 올린 지 얼마 안 돼 이름을 밝힌 교사들을 징계할 거라는 말이 나왔다. 점심시간에 교실로 찾아온 혜림이가 흥분한 목소리로 내게 말했다.

"그렇게 다 죽인 것도 모자라서 이젠 선생님들까지 자른다고? 민지야, 그게 말이 되냐? 응? 말이 되냐고?"

"말이 안 되지. 말이 안 되는데……. 어휴, 정말……. 그런데 어떡하냐?"

"어떡하긴. 맨날 가만있으라고만 하는데, 우리가 이런 상황에서 이대로 가만있으면 안 되잖아. 뭐라도 해야지."

"그러니까 혜림아. 우리가 뭘 어떻게 해야 되는 거냐고?"

화가 나고 걱정도 됐지만 당장 무엇을 해야 좋을지 몰랐다. 우리는 힘이 없는 학생들이니까. 그래도 맥없이 걱정만 하고 있을 수는 없었다. 그날 저녁, 수경이가 빠진 '오죽하면' 멤버들이 모처럼 모였다. 여러 이야기 끝에 중앙역에서 하는 서명 작업과 촛불문화제에 참석하자고 마음을 한데 모았다. 촛불문화제에 몇 번 참석하기는 했지만 단순히 그 앞에 앉아 있다 오는 것만으로는 왠지 미안하고 찜찜하던 차였다.

"내일 학교 끝나고 수경이네 교실에 들렀다가 중앙역 앞으로 가자."

미란이 말에 모두 그게 좋겠다며 고개를 끄덕였다.

단원고 2학년 교실 쪽에는 이미 많은 사람이 모여 있었다. 사고가 난 다음부터 매일 많은 사람들이 찾아온다고 했다. 교실마다 여러 명의 사람들이 아이들 책상을 바라보며 눈물을 훔치거나 책상에 꽃이며 과자 같은 것들을 올려놓고 갔다. 칠판에도 아이들에 대한 그리움과 미안함을 적은 글들이 빼곡했다. 어떤 이들은 차마 교실 안으로 들어오지 못하고 복도 바깥에서 교실을 들여다보며 눈물을 글썽이기도 했다. 차례로 교실을 돌며 여러 친구들을 만났다. 중학교 때 같은 반이었던 친구도 있고, 같은 반은 아니었지만 이름과 얼굴 정도는 아는 친구들도 있었다. 믹서기와 경호의 책상에도 꽃이 놓여 있었다. 모두 이 세상에서 다시는 만날 수 없는 아이들이었다.

수경이가 공부하던 책상 앞에 서자 또 눈물부터 났다. 사람 몸에서 가장 약한 곳이 눈물샘인 모양이었다. 차마 기억하기도 싫은 그날 이후부터 혼자 있을 때도 절로 눈물이 흐르곤 했다. 책상에는 작은 꽃다발과 과자와 음료수, 그리고 수경이에게 보내는 쪽지들이 수북이 쌓여 있었다. 미란이는 수경이가 좋아하던 허니버터칩 한 봉지를 책상에 두고, 은지는 가방에서 종이 한 장을 꺼내 편지를 쓰기 시작했다.

수경아!

나야 은지. 민지와 혜림이도 같이 왔어.

너하고 같이 수다도 떨고 춤도 추고 싶은데 더 이상 그럴 수가 없어서 너무 슬퍼.

그리고 정말 미안해.

너에게 해 줄 수 있는 게 없어서…….

그래도 이제 조금씩 우리가 할 수 있는 걸 찾아보려고 해.

네 친구로서 할 수 있을 만큼 할 거야.

하늘나라에서 지켜봐 줄 거지?

보고 싶다, 수경아!

너 웃는 모습 보러 다시 또 올게.

그때까지 잘 지내고 있어.

너의 영원한 친구 은지, 미란, 혜림, 민지

은지는 다 쓴 종이를 곱게 접어 책상에 올려놓고, 두 손으로 얼굴을 감쌌다. 어깨를 들썩이는 은지를 끌어안으며 다 함께 울었다. 사진 속에서 웃고 있는 수경이는 마치 우리에게 바보같이 왜 울고 있느냐고 말하는 것처럼 보였다.

수경이가 생활하던 교실을 잠시 둘러보고 발길을 돌렸다. 교실에서 나오기 전 뒤편 게시판에 걸어 놓은 시들을 보았을 때 가슴 한구석이 아리도록 찌르르 울렸다. 환경 미화를 하기 위해 만들어서 걸어 놓았을 시들이 어쩌면 지금과 같은 슬픈 이별을 예견한 것처럼 보였기 때문이다. 누가 저 시들을 골랐을까? 시를 고르면서 무슨 생각을 했을까? 나는 핸드폰을 꺼내 게시판에 적힌 시들을 찍었다. 하나는 황지우 시인의 작품이고 다른 하나는 김광섭 시인의 작품이었다.

황지우 시인의 「너를 기다리는 동안」이라는 제목의 시 중간에 이런 구절이 있었다.

……

네가 오기로 한 그 자리, 내가 미리 와 있는 이곳에서
문을 열고 들어오는 모든 사람들이
너였다가
너였다가, 너일 것이었다가
다시 문이 닫힌다.
사랑하는 이여
오지 않는 너를 기다리며
마침내 나는 너에게 간다
……

'다시 문이 닫힌다'라는 구절 앞에서 막막해졌다가 '마침

내 나는 너에게 간다'라는 구절을 읽으며 입술을 깨물었다. '그래 수경아, 우리가 너에게 갈게. 너의 죽음이 헛되지 않게 우리가 할 수 있는 일이라면 뭐든지 할게. 이다음에 천국에서 만날 때 너에게 미안하지 않도록……. 김광섭 시인이 「저녁에」라는 시에서 '어디서 무엇이 되어/ 다시 만나랴'라고 한 것처럼, 수경이 너하고 우리는 분명히 다시 만날 거야.' 교실을 나와 중앙역으로 갈 때까지 두 시인의 시가 마음속에서 떠나지 않았다.

중앙역 앞에서 만난 미술선생님은 의외로 차분했다. 서명대 쪽에 서 있다 우리를 보고 다가온 선생님은 늘 그랬듯이 청바지 차림이었지만 머리 모양이 확 바뀌어 있었다. 예전에는 긴 머리를 묶고 다녔는데, 이번에 보니 커트 머리로 짧게 잘랐다. 선생님이 돌아가며 우리 손을 한 번씩 잡아 주고는 친구들 생각이 많이 날 텐데 어떡하느냐며 우리를 걱정해 주었다.

"저희는 선생님이 더 걱정되는걸요. 선생님 이러다 정말 학교에서 쫓겨나는 거 아녜요? 정부에서 다 자른다고 했다면서요."

"그렇다고 무서워서 할 말을 못 하면 네 친구들에게 너무 미안한 일이잖아. 안 그래? 자를 테면 자르라고 해야지, 뭐."

대수롭지 않다는 듯 말하면서 미술선생님은 활짝 웃기까지 했다.

"그래도 선생님은 잘리면 안 돼요. 말이 안 되잖아요. 책임질 사람들은 따로 있는데……. 생각할수록 정말 화가 나요."

그랬다. 어른들이 너무 미웠다. 도대체 왜 못 구했는지, 아니 왜 안 구했는지 제대로 된 설명이라도 듣고 싶었다. 하지만 들려오는 건 모두 거짓에 변명뿐이었다. 조금 남아 있던 배 끄트머리마저 완전히 물속으로 가라앉았을 때, 내가 태어나 자라온 이 나라, 대한민국도 몽땅 가라앉았다는 생각을 떨칠 수가 없었다. 그동안 나는 무엇을 믿고, 보고, 느끼며 살아온 건지 혼란스럽기만 했다.

"저희들도 오늘부터 여기서 피켓 들기로 했어요. 서명 작업 같은 것도 도와주고요."

미란이가 피켓을 들어 보이며 말했다.

"이거 어제 저희들이 직접 만든 거예요. 아무것도 안 하면 수경이나 선생님한테 너무 미안할 것 같아서요."

"고맙다. 너희들이 도와주면 힘이 될 거야."

혜림이의 말에 미술선생님이 빙그레 웃으며 말했다.

"너희들에게 너무 미안해. 내가 가르쳤던 애들만 해도 돌아오지 못한 애들이 열 명이 넘어. 수경이, 은희, 경호, 민석이, 영찬이…… 걔들 생각만 하면 집에 있을 수가 없어. 여기

나와 있는 선생님들 마음도 다 똑같을 거야."

미술선생님 얼굴에서 웃음이 사라지더니 금방이라도 눈물이 쏟아질 것 같은 표정으로 변했다. 학교에서 볼 때는 언제나 씩씩한 이미지였는데, 지금 보니 얼굴이 많이 핼쑥해진 것 같아 마음이 아팠다.

"참, 선생님. 지금도 텃밭 동아리 해요?"

"그럼, 당연하지. 너네 후배들이 얼마나 열심히 하는데……. 그러고 보니 또 민석이 생각이 난다. 민석이가 고등학교 올라가서도 가끔씩 토요일 같은 날 와서 물도 주고 풀도 뽑아 주고 그랬는데……."

계속 얘기하다가는 미술선생님이 정말로 울 것만 같았다.

피켓을 들고 서 있는 동안 역에서 나오는 사람들에게 전단지를 나눠 주고 서명을 권유하는 희생자 가족 어머니들이 보였다. 그중 한 어머니가 눈에 들어왔다. 아니, 어머니가 눈에 들어온 게 아니라 그 어머니가 가슴에 달고 있는 명찰이 눈에 들어왔다고 해야 옳았다. '탁경호' 명찰에 적힌 이름으로 보아 경호 어머니가 분명했다. 아, 경호 엄마도 여기 나와 계셨구나. 가서 인사라도 드릴까 하다가 쑥스러워서 그냥 고개를 돌렸다.

맨발

토요일이라 학원이 일찍 끝났다. 가방을 메고 나오면서 친구들에게 만나자고 연락할까 생각하던 참에 카톡이 울렸다.

딸, 아빠가 치킨 사 왔어. 빨리 와라.

웅. 빨리 갈게^^

핸드폰을 주머니에 넣고 서둘러 집으로 향했다. 작은 공장에 다니는 아빠는 토요일에도 일하러 가는 날이 많았다. 오늘은 늦잠 자느라 아빠가 출근하는 것도 보지 못했는데 일찍 퇴근하셨다니. 게다가 치킨까지! 집으로 가는 내내 발걸음이 가벼웠다.

"아빠! 나 왔어."

"민지니? 어서 와라."

현관을 들어서며 소리를 쳤는데, 아빠 대신 이모 목소리가 건너왔다.

"어, 이모 오셨어요?"

"응. 네 엄마한테 줄 게 있어서 좀 들렀어."

이모는 같은 안산에 살아서 종종 들르는 편이었다. 엄마가 직장 생활을 하는 터라 언니인 이모가 반찬 같은 걸 만들어서 갖다 주곤 했다.

"아빠는 지금 샤워하고 계셔. 엄마는 부엌에 있고."

"아, 네."

방으로 들어가서 가방을 던져 놓고 거실로 나오니, 엄마가 부엌에서 과일 접시를 들고 왔다.

"우리 딸 빨리 왔네. 공부하느라 고생했지?"

아빠도 젖은 머리를 털며 거실로 나왔다.

"민지 아빠가 일하느라 고생했지. 그런데 민희는 오늘도 알바 갔다며?"

이모가 엄마를 보며 말했다.

"그러니까. 이제 알바 같은 건 그만하라고 해도 통 말을 안 들어. 그냥 학교만 편안히 다니면 좋겠는데……."

"얘, 그래도 민희가 얼마나 착하니? 자기 용돈 자기가 벌어서 쓴다는 게 기특하잖아. 걘 어릴 때부터 야무져서 뭘 해도 잘할 거야."

"큰애라 그런지 뭘 조르거나 말썽 부릴 줄을 몰라. 그게 더 안쓰럽기도 해."

진짜 그랬다. 어릴 적에 언니하고 다툼이 일어나면 늘 언니가 져 주었다. 나는 그런 언니의 성격을 이용하느라 일부러 더 떼를 쓰기도 했다. 무엇보다 엄마 아빠가 모두 일하러 가고 없을 때 언니가 함께 있어 좋았다. 언니마저 없었다면 얼마나 심심하고 외로웠을까. 그런 언니가 아르바이트해서 번 돈으로 가끔 용돈을 주기도 했는데, 그럴 때마다 언니에게 못되게 굴었던 것들이 생각나 미안하면서도 고마웠다.

"여보, 냉장고에 맥주 좀."

아빠가 거실 탁자 앞에 앉으며 엄마에게 말했다.

"아, 참. 과일 깎느라고 깜박했네."

엄마가 다시 부엌에 간 사이 아빠가 못 참겠다는 듯 치킨 포장을 풀었다. 고소한 치킨 냄새가 코 안으로 훅 끼쳐 들어왔다.

"처형도 한잔하실래요?"

아빠가 잔 하나를 이모 앞으로 내밀었다.

"민지 아빠도 참. 나 술 못 하는 거 알면서. 너나 한잔해라."

그러면서 이모는 엄마 앞으로 다시 잔을 밀어 놓았다.

"그럼 내가 우리 서방님하고 한잔할까? 하하."

엄마가 잔을 받으며 즐거운 웃음소리를 냈다. 그래 봤자 엄마 주량은 맥주 한두 잔 정도였다. 평소에 이렇게 집에서 맥주를 마실 때는 엄마 대신 언니가 대작을 했다. 언니가 대학에 들어간 다음부터 자연스레 그런 관계가 형성되었다. 아빠가 따라 주는 맥주를 거리낌 없이 받아 마시는 언니를 처음 본 날, 의외의 모습에 놀라던 기억이 났다.

"우리 민지도 한잔할래?"

엄마에게 한 잔 따라 주고 난 다음 아빠가 내게도 의사를 물었다.

"마시고는 싶지만 나는 아직 학생이라서, 히힛. 대신 제가 아빠 한 잔 따라 드릴게요."

"으이그, 딸내미한테 술이나 가르쳐 주려고 들고…… 쯧쯧."

엄마가 아빠를 향해 살짝 눈을 흘겼다. 그러거나 말거나 아빠는 내가 따라 준 맥주를 맛있는 표정으로 들이켰다.

"치킨에 맥주까지. 제법 괜찮은 토요일인걸. 하하."

아빠가 치킨 한 조각을 집어 들며 즐거워했다. 비록 바쁜 언니가 빠지긴 했지만 즐거운 토요일 저녁인 건 분명했다. 치킨과 과일, 그리고 맥주와 함께 오붓한 시간이 이어졌다. 하지만 이모로 인해 분위기가 조금씩 이상해지기 시작했다.

"민지는 요즘 공부 잘되니? 날도 많이 더워졌는데 공부하기 힘들겠다. 그래도 좋은 대학 가려면 열심히 해야지. 내가 교회 가서 매일 기도하고 있으니까, 너도 힘들어도 참고 열심히 공부해. 그러면 주님이 꼭 도와주실 거야. 그나저나 가고 싶은 대학교랑 과는 정했니?"

여기까지는 그러려니 했다. 이모는 독실한 기독교 신자로, 교회에서 집사를 맡고 있었다. 그래서 말끝마다 교회와 기도 이야기가 나오곤 해도 으레 그러려니 했다.

"대학교는 아직요. 그냥 공부를 하긴 하는데 잘 안 돼요. 무슨 과를 가야 할지도 아직 모르겠고……."

말을 흐리는 내게 이모는 면박 주듯이 말했다.

"자꾸 딴 데 정신 팔려서 그런 거 아니니? 듣자니까 너 요즘 중앙역에 자주 나간다며? 친구들 생각하면 가슴 아프겠지만, 그래도 공부하는 데 지장을 받으면 쓰니? 아직 2학년이긴 하지만 지금 처지면 나중에 따라잡기 힘들잖아."

"네……."

기어들어 가는 목소리로 대답했다. 맛있게 씹어 삼키던 치킨이 콱 목구멍에 걸리는 기분이었다.

"지 공부 지가 알아서 하는 게 맞긴 한데, 걱정이 되긴 해."

엄마의 말에도 별로 대꾸할 말이 없었다. 마음만 초조할 뿐 성적이 안 나오는 건 사실이었으므로.

"단원고 애들은 특례입학이다 뭐다 해서 정부가 신경을 써 주는 모양이다만, 그것도 불공평한 거 아니니? 그만큼 다른 애들이 손해 볼 텐데."

이모의 입에서 단원고 이야기가 나왔다. 나는 침을 꿀꺽 삼켰다. 이번엔 또 무슨 이야기를 하시려고……. 불길한 징조가 느껴졌다.

"이모, 그건 정원외 입학이라 다른 애들하고는 상관없어요. 그리고 특례입학도 유가족들이 요구한 게 아니라……."

"그래도 특혜는 특혜지."

내 말을 자르며 다시 이모가 말을 이어 갔다.

"안산 전체가 초상집 같은데 언제까지 이래야 되는지 모르겠다. 교인들 얘기 들어 보면 장사가 안 돼서 다들 죽을상인데 뭐라고 말도 못 하는 분위기잖아. 떠나간 사람들이 안타깝고 가여울수록 주님 앞에 회개해야 해. 그렇지 않으면 앞으로 더 큰 시련이 닥칠지도 몰라. 유가족들이 말하는 특별법도 중요하지만……."

이모의 말이 끝도 없이 이어질 분위기였다. 이모가 들은 이야기가 전부가 아니라고, 이모가 알고 있는 모든 게 진실은 아니라고, 대꾸하고 싶었지만 제대로 대화가 될 것 같지 않았다. 모든 것을 하느님의 시련으로 돌리곤 하는 이모의 말에 맞서자면 상당한 피곤을 감수해야만 했다.

"우리가 안산에서 사는 게 잘못이라면 잘못이죠. 막말로 부잣집 애들이 배에 타고 있었다면 그렇게 구조를 안 하지는 않았을 거 아네요. 하다못해 장관 집 아들딸이라도 한 명 타고 있었다면…….”

아빠의 말을 들으며 슬그머니 자리에서 일어났다. 계속 이모와 한자리에 있다 보면 지난번과 같은 불상사가 일어날지도 몰랐다.

방으로 들어와 이불을 뒤집어쓰고 누웠다. 서럽기도 했지만 자꾸만 화가 났다. 무어라고 마구 소리라도 치고 싶은 심정이 울대 밑에서 꿈틀대며 올라오는 걸 억지로 참다 보니 눈물만 볼을 타고 흘러내렸다.

한 달 전쯤이었나, 이모가 놀러 온 날이었다. 그날도 이모는 내 가방에 달린 노란 리본을 보더니 주술을 상징하는 것이니 떼면 좋겠다고 했다. 무슨 말이냐고 하니 나비 모양을 한 노란 리본은 죽은 영혼을 뜻하고, 거기에 사탄이 깃들어 있다고 했다. 내가 아는 대로, 노란 리본은 원래 전쟁터에서 돌아오지 않는 병사들의 무사귀환을 빌기 위해 만들어서 사용하기 시작했던 거라고 설명해도 이모는 그게 다 사탄이 만들어낸 속임수라고 했다. 일부 사람들 사이에 그런 소문이 돌고 있다는 얘기를 듣기는 했어도 이모가 내게 대놓고 그런 말을 할 줄은 몰랐다.

“노란 리본 아니라도 추모할 수 있는 방법은 많잖니. 그러니까…….”

"싫어요. 절대 떼지 않을 거예요. 이건 내 친구들을 기억하기 위한 최소한의 행동이란 말예요. 리본도 마음대로 달지 못하면 우리가 할 수 있는 게 뭐가 있어요!"

나 스스로도 놀랄 만큼 큰 소리로 외치고는 방문을 쾅 닫고 들어와서 엉엉 울었던 기억이 아직도 생생했다. 이모가 일부러 나쁜 마음으로 그런 게 아니라는 걸 모르지 않았다. 평소에 어려운 곳을 찾아 봉사 활동도 부지런히 다니는 이모였다. 우리 집에 크고 작은 일이 생길 때마다 잊지 않고 챙겨 주는 고마운 이모였다. 그럼에도 최근 들어 서먹한 사이가 되어버린 게 더 슬펐다.

울다가 설핏 잠이 들었던 모양이다. 꿈속에서 누가 자꾸만 부르는 소리가 들려 번쩍 눈을 떴다. 방 안에는 어둠만 가득했다. 누구였을까? 여자 목소리 같기도 하고 남자 목소리 같기도 한 낯선 목소리에, 실루엣만 비치던 모습을 다시 떠올려 보려고 했지만 모든 게 희미했다. 자리에서 일어나 창가 쪽으로 갔다. 건너편 연립주택의 창문 몇 군데서 불빛이 비치고 있을 뿐 짙은 어둠이 가로막고 있었다. 움직이지도 않고 그 자리에 한참을 서 있는 동안 어둠 속에서 누군가 손을 뻗고 있는 것만 같았다. 그렇게 느껴지자 더 이상 가만히 서 있을 수만은 없었다. 비록 환영일지 몰라도 나가서 그 누군가의 손길을 잡아 주고 싶었다. 불도 켜지 않은 상태에서 아무렇게나

겉옷 하나를 대충 걸쳐 입고 방문을 열었다. 식구들은 다 잠들었는지 거실도 안방도 모두 어둠에 잠겨 있었다. 조용히 현관문을 열고 밖으로 나왔다.

막상 밖으로 나오니 막막했다. 누군가의 손 같은 건 보이지 않았고, 멀리 외등 하나가 비칠 뿐 주위에는 어둠만이 고요했다. 멍하니 서 있다 무작정 걷기 시작했다. 밤공기가 서늘하게 휘감겼지만 춥다고 느낄 정도는 아니었다. 걷는 동안 아무 생각도 나지 않았다. 그냥 홀린 듯이 걷기만 했다. 걸으면서 주체할 수 없이 눈물이 흘렀다. 왜 눈물이 나오는지 생각도 하지 않고 눈물범벅이 된 얼굴로 그냥 걸었다. 걷는 동안 편의점과 24시간 해장국집 불빛을 마주쳤고, 도로 위로 이따금 자동차들이 헤드라이트를 켜고 지나갔다. 길은 점점 낯선 곳으로 변해 갔다. 얼마나 걸었을까? 집으로 돌아가는 길은 어디쯤에 있을까? 조금씩 피로가 몰려오기 시작하면서 아무 데나 가서 잠시 쉬고 싶었다.

멀리서 보이는 불빛을 따라 가다 보니 성당 건물이 나타났다. 자석에 끌리듯 발걸음이 저절로 성당으로 향했다. 성당 앞마당에 서서 첨탑 위에 달린 십자가를 바라보다 건물 옆으로 돌아가니 성모 마리아 상이 보였다. 양쪽 아래에서 은은한 불빛이 올라와 마리아 상을 비춰 주고 있었다. 가까이 가서 살펴보니 성모 마리아가 아기 예수를 품에 안고 있는 모습이었다. 나도 모르게 무릎을 꿇고 성모 마리아를 올려다보았다. 마리아는 고개를 숙여 아기 예수와 눈을 맞추고 있었다. 교회나 성당에 다녀 본 적은 없지만 이 순간만큼은 성모 마리아를 향해 기도하고 싶었다. 내가 느낀 혼란한 마음과 불안함을 모두 내려놓고 싶었다. 그럴 수 있을 것만 같았다. 다시 고개를 바로 하고 기도하는 자세를 취하려는데 성모 마리아의 맨발이 눈에 들어왔다. 순간 나도 모르게 "헉!" 하는 신음이 터져 나왔다. 그러면서 걷잡을 수 없는 눈물이 마구 솟구쳤다. 두 손으로 마리아의 맨발을 만지며 엉엉 울었다.

"수경아~ 수경아~!"

내 입에서 수경이 이름이 불려 나왔다. 신발을 벗은 채 맨발로 나왔다던 수경이! 그런 수경이가 불쌍하다며 울부짖던 수경이 엄마! 마리아는 왜 맨발로 여기 서 계시는 걸까? 왜 맨발로 여기 서서 나를 기다리고 계셨던 걸까? 생각할수록 가슴이 미어지는 느낌에 울음을 멈출 수가 없었다. 헉, 허~억! 얼마나 울었을까? 목이 잠겨 울음소리가 잦아들 무렵 하늘 저편 깊은 어둠 속에서 수경이의 목소리가 들려오는 듯했다.

괜찮아. 민지야 나는 괜찮아. 그러니 그만 울어.

눈물로 흐려진 눈을 들어 하늘을 올려다보니 저 멀리서 별빛 하나가 깜박이며 나를 내려다보고 있었다.

수경아 미안해. 정말 미안해.

광화문

여름 방학이 찾아왔고, 곧바로 보충 수업이 시작됐다. 시작하는 날부터 한숨이 나왔지만 그나마 오전에만 하는 걸 다행으로 여겨야 했다.

쉬는 시간에 정원이가 오더니 오후에 광화문에 같이 가지 않겠느냐고 했다. 그렇잖아도 한 번쯤 가 봐야 한다고 생각하던 차라 흔쾌히 그러자고 했다. 방학 전에 '오죽하면' 멤버들이 모여 함께 광화문에 가 보자는 얘기를 주고받은 적이 있었으나 한꺼번에 다 모이는 게 힘들어 아직 가 보지 못한 상태였다.

정원이에게도 중학교 때 단짝 친구들이 있었다. 그중 둘이 단원고에 갔는데, 한 명은 희생되고 다른 한 명은 다행히 구조되었다는 얘기를 들어서 알고 있었다.

"그저께 친구를 만나고 왔어. 전에 말했잖아. 살아 돌아왔다는 애……."

정원이는 담담한 목소리로 말을 꺼냈다.

"며칠 전에 자기도 모르게 손목을 그었대. 긋는 순간 무서워서 깊게 긋지는 못했는데, 엄마가 알까 봐 숨기고 있대."

"……."

뜻밖의 말에 뭐라고 대답할 말을 찾을 수가 없었다.

"가끔 나한테 카톡을 보내는데, 잠을 잘 못 자나봐. 걔네 아빠가 여름휴가 때 가족끼리 조용한 강가에 가자고 했대. 학교며 동네며 워낙 시끄러우니까. 친구 기분을 좀 풀어 주려고 꺼낸 이야기였는데, 걔는 너무 두렵더라는 거야. 아직도 물만 봐도 무서워서 샤워도 못 하고 욕실에서 그냥 나올 때가 있다더라고. 내가 뭘 어떻게 도와줘야 할지 모르겠어."

정원이는 힘없이 고개를 떨궜다. 나는 여전히 할 말을 찾지 못해 그냥 정원이 손을 살그머니 잡아 주었다. 정원이도 나도 입을 열면 금방 눈물이 나올 것 같아서 더 이상 어떤 말도 꺼낼 수가 없었다.

도대체 이 슬픔은 언제 끝날까? 아니, 슬픔이 끝날 날이 찾아오기는 할까? 하늘나라로 간 친구를 생각하는 일도, 살아 돌아온 친구를 생각하는 일도 힘에 겹기는 마찬가지였다. 어쩌면 나와 정원이보다 살아 돌아온 친구들이 훨씬 고통스러운 시간을 보내고 있을 터였다. 예전에는 잘 들어 보지도 못했던 트라우마라는 말이 친구들 입에서도 툭툭 튀어나오곤 했다.

전철을 타고 가면서 생존한 친구들이 학교로 돌아올 때 발표했다는 글을 핸드폰으로 검색해 보았다. 전에 이미 읽어 보았지만 정원이 말을 듣고 나자 다시 한 번 읽고 싶어졌다.

대한민국의 평범한 고등학교 2학년 학생으로 돌아가고 싶다는 호소와 함께, 아무것도 묻거나 말하지도 말고 그냥 평소처럼 대해 달라는 당부가 적혀 있었다. 기자들이 괴롭히는 게 힘들다는 내용도 있었는데, 얼마나 시달렸으면 그랬을까 싶어서 나 역시 화가 났다. 특히, 웃고 싶을 때가 있어도 그 모습을 보고 오해를 할까 봐 웃지도 못하겠다는 말에 가슴이 아팠다. 나도 이렇게 힘든데 눈앞에서 친구들을 잃어버린 그들은 얼마나 더 힘들까를 생각하면 신이 내린 운명이 너무 가혹하다는 생각이 들었다. 만일 내가 그 배에 같이 타고 있었다면…… 생각만 해도 끔찍해서 나도 모르게 눈을 질끈 감았다.

"평소처럼…… 평소처럼……." 입으로 뇌어 보았다. 흔하디흔하게 쓰이던 평범한 말이 가장 어려운 말이 된 상황이 너무 슬펐다. 아무 잘못도 없는 친구들이 왜 이런 고통을 겪고 있어야 하는지, 세상은 점점 이해하고 싶지 않은 일들로 가득 채워지고 있는 느낌이었다.

"세월호가 국정원이 소유한 배라며?"

"유병언 시체는 가짜래. 지금도 어딘가에 살아 있을 거래."

"사실은 잠수함하고 부딪쳐서 침몰한 거라는데, 그런 얘기 들어 봤니?"

"대통령이 그날 일곱 시간 동안 대체 뭘 하고 있었는지 아무도 모른다잖아."

교실에서 아이들끼리 인터넷 같은 데 흘러 다니는 소문들을 주고받으며 쑥덕거리기도 했지만 그런 얘기들의 진위를 확인할 방법은 없었다. 정부에서는 유언비어에 휩쓸리지 말라고 했으나, 무엇이 유언비어이고 무엇이 진실인지 누구도 시원하게 말해 주지 않았다.

여름 햇살이 뜨거웠다. 광화문 광장으로 들어서기 위해 신호등 앞에서 기다리는 동안 이순신 장군 동상이 눈에 들어왔다. 임진왜란 때 왜적을 무찌르고 바다를 지킨 위대한 이순신 장군. 한 손에 큰 칼을 들고 있는 모습은 근엄하고 무게가 있어 보였지만, 그 아래 천막에서는 벌써 이십 일 동안이나 밥을 굶고 있는 유민 아빠가 홀쭉한 모습을 하고 있을 거였다. 유가족들이 특별법 제정과 대통령 면담을 요구하며 단식농성을 하다 모두 탈진하고 유민 아빠만 그 자리를 지키고 있다고 했다. 혹시라도 내가 잘못되면 우리 엄마 아빠도 저렇게 거리에 나와 호소하고 밥을 굶을까, 하는 생각도 해 보았다. 그러다가 이내 고개를 젓고 말았다. 그런 상상 자체만으로도 가슴이 터질 것처럼 아팠다. 조선의 불쌍한 백성들을 구한 이순신 장군도 지금과 같은 비극 앞에서는 아무런 목소리를 낼 수 없지 않는가. 굶고 있는 유민 아빠를 묵묵히 내려다보고만 있어야 하는 이순신 장군이 불쌍해 보일 정도였다.

신호가 바뀌고, 길을 건넜다. 광화문 광장 입구부터 노란 물결이 가득했다. 노란 천이 여기저기 매달려 있었고, 노란 종이배를 접어 잔디밭 위에 죽 늘어놓았다. '노란 엽서 쓰기'라는 안내판을 붙인 천막 앞에 많은 사람이 몰려 있는 게 보였다. 정원이와 먼저 오른쪽에 있는 천막으로 갔다. 그곳에도 작은 분향소가 마련되어 있었다. 분향소 안에는 희생된 아이들 사진이 빽빽하게 걸려 있었다. 먹먹함이 밀려와 사진을 제대로 바라볼 수 없었다. 정원이와 함께 분향을 하고, 유민 아빠가 단식을 하고 있는 곳으로 갔다. 유민 아빠는 작은 책상을 앞에 놓고 앉은 채 가만히 눈을 감고 있었다. 수염이 덥수룩했고, 수척한 얼굴에 팔도 가늘어 보였다. 유민 아빠의 등 뒤로 노란 천에 쓴 글씨가 눈에 들어왔다.

아빠가 너를 지키지 못해서 죄인이고

너의 억울함을 풀어 주지 못해 죄인이구나

2학년 10반 유민이 아빠

유민이를 만나 본 적은 없지만, 내 친구 수경이나 민석이, 경호처럼 유민이 역시 누군가의 사랑스러운 친구이자 가족이었을 것이다. 어쩌다 우리는 이렇게 무서운 비극을 겪게 되었을까. 모두가 죄인이고, 미안한 사람들뿐이었다. 아니, 미안해하지 않아도 되는 사람들만 슬퍼하고 있었다. 정작 무릎 꿇어야 할 사람들은 코빼기도 보이지 않았다. 대통령이 있다는 청와대가 여기에서 멀지 않다고 했다. 하지만 뭐가 그리 바쁜지 얼굴을 비치기는커녕, 비서 한 명이라도 시켜 위로의 말을 건네는 행동조차 하지 않았다. 오히려 대통령을 만나겠다고 찾아간 유가족들을 방패로 밀면서 쫓아내고, 그 앞에서 노숙을 하도록 만들었다. 대통령이 눈물 흘리며 사과하는 방송을 보았을 때 다들 '악어의 눈물'이라고 했던 게 생각났다. 그래도 설마 이렇게 외면할 줄은 몰랐다. 사람이 밥을 끊고 앉아 있는데……. 그것도 자식이 죽어서 굶고 있는데……. 유민 아빠의 처연한 모습을 직접 보니, 안타까움과 분노가 동시에 치밀었다.

농성장 한쪽에서는 대학생으로 보이는 청년들이 목에 노란 수건을 두르고 '특별법을 제정하라'라고 적힌 피켓을 든 채 뜨거운 햇볕을 견디고 있었다. 유민 아빠를 향해 고개를 숙여 보이고는 천막을 돌아 뒤쪽으로 갔다. 광화문역으로 들어가는 지하도 난간에 동화작가들이 글을 쓰고 화가들이 그림을 그린 걸개를 죽 걸어 놓은 게 보였다. 하나하나 눈으로 읽고 살피며 지나가는 동안 광화문에 도착한 이후로 정원이와 말 한마디 나누지 않고 있다는 걸 깨달았다. 정원이 얼굴을 슬쩍 바라보니 아무런 웃음기가 없는 표정이었다. 말을 건네기도 어색해서 그냥 함께 글과 그림을 보며 걸었다.

광장을 한 바퀴 돌아 노란 엽서들을 매달고 있는 부스 쪽으로 왔다. 책상 위에 노란 종이를 놓고 무언가를 쓰거나 그리고 있는 사람들로 붐비고 있었다. 개중에는 어린아이를 데리고 온 엄마들도 보였다. 그렇게 써서 걸어 놓은 글들이 눈에 들어왔다.

사람이 진정으로 죽는다는 것은 심장이 멈출 때가 아니라, 모두에게 잊힌다는 것입니다. 우리는 절대 잊지 않을 것입니다.

그 밑에는 어린애가 쓴 듯한 삐뚤빼뚤한 글씨도 매달려 있었다.

언니 오빠들 하늘나라 가서 행복하고 편한 하루 보내세요.

글씨와 함께 하트 모양을 그려 놓았다. 서툰 솜씨지만 어린아이의 마음이 그대로 읽혔다.

"우리도 하나씩 쓰고 가자."

정원이의 말에 고개를 끄덕였다.

"여기도 종이 좀 주세요."

자원봉사자인 듯한 분이 웃으며 노란 종이와 펜을 건네주었다. 무슨 말을 써야 하나? 어떤 말을 쓴다 해도 수경이를 비롯해 희생당한 친구들에게 위로가 될 수 없으리란 걸 잘 알았다. 어쩌면 살아남은 우리가 미안함을 표시할 수 있는 방법이 달리 없기 때문인지도 몰랐다. 그래도 노란 리본을 달거나 이렇게 몇 줄의 글을 남기는 것이 친구들을 잊지 않기 위한 다짐일 수도 있다는 생각에 펜을 집어 들었다.

잊지 않기 위해 왔습니다.
친구들을 기억하고 영원히 마음속에 담아 두겠습니다.
더 이상 즐거운 추억을 함께 만들어 갈 수는 없지만
친구들이 남겨 준 추억들을 생각하며
사랑했다는 말, 전해 주고 싶습니다.
친구들아.
하늘나라에서 웃으면서 잘 지내고 있는 거지?
정말 고마웠고, 사랑해.

수경이의 친구 민지가

정원이와 함께 다 쓴 글을 자원봉사자에게 넘겨주고 돌아섰다. 햇살은 여전히 뜨거웠고, 광장은 사람들로 북적였다.

"잠깐 저기 앉아서 쉬었다 가자."

정원이가 광장 옆쪽에 마침 비어 있는 길쭉한 의자를 가리

켰다. 그렇잖아도 덥고 다리도 아프던 차라 쉴 곳을 찾아 두리번거리던 중이었다. 정원이와 나란히 의자에 앉았다. 분수 앞 여기저기에 아이들을 데리고 나온 아주머니들이 서 있는 게 보였다. 그리고 단식 천막과 이순신 장군 동상 사이에 있는 분수대에서 어린아이들이 땅에서 솟는 분수 줄기를 맞아 가며 즐겁게 물놀이를 하고 있었다. 데이트를 나온 듯한 연인들이 물줄기를 배경으로 서로 사진을 찍어 주며 즐거운 표정을 짓기도 했다. 그런 모습을 보고 있자니 뭔가 기묘한 느낌이 들었다. 단식 농성장과 물장난을 치는 아이들의 환한 웃음이 썩 어울리는 풍경은 아니라는 생각이 들면서도 얼굴이 찡그려지기보다는 왠지 모를 슬픔 같은 게 몰려왔다. 나도 저 아이들처럼 천진난만했던 시절이 있었다는 게 눈을 찔러 대는 강한 햇살만큼이나 아득했다. 다시는 돌아갈 수 없는 시절을 돌이켜 볼 때마다 예전에는 아련하면서도 흐뭇한 느낌이 들었다면 요즘에는 슬픔으로 먼저 다가오곤 했다. 다시는 철모르는 시절로 돌아갈 수 없다는, 그러기에는 이미 너무 많은 걸 알아 버렸다는 느낌 때문일지도 몰랐다.

"나도 어릴 때는 저렇게 물장난 참 많이 했는데……."

"나도 그랬어. 여름날 일부러 분수 줄기를 맞고 싶어서 엄마한테 분수 공원에 가자고 조르다가 혼나기도 했는걸."

정원이 말에 대꾸를 하면서도 눈길은 물놀이하는 아이들

을 떠나 허공을 짚었다. 수경이가 하늘나라에서 이런 우리 모습을 내려다보고 있는 건 아닐까? 수경이도 물장난을 참 좋아했다는 게 떠올랐다. 중학교 때 체육을 마치고 수돗가에서 서로 물을 뿌려 가며 놀았던 일들이 스쳐 갔다. 흠뻑 젖은 체육복을 입은 채 무엇이 좋아 그렇게 깔깔거렸던 걸까?

"야, 거기 안 서? 너 잡히면 죽어!"

먼저 물을 뿌리고 도망가는 나를 잡으려고 뛰어오던 수경이의 씩씩거리던 숨결이 곁에서 들리는 듯했다.

"나는 어른이 되는 게 두려워. 민지야, 우리는 정말 불행한 세대로 태어난 것 같아. 그렇지 않니?"

"……."

정원이 말에 무어라 대답할 말을 찾지 못했다. 허공을 향하고 있던 눈길을 거두며 자리에서 일어났다.

"이제 그만 가자."

정원이도 천천히 몸을 일으켰다. 어린아이들은 여전히 즐거운 웃음소리를 내며 물줄기 사이로 뛰어다니고 있었다. 광장을 나오기 전에 천막 안에서 노란 리본을 접고 있는 사람들을 보았다. 혹시 미술선생님이 저 안에 있는 건 아닐까 싶은 생각이 일었지만, 굳이 확인해 보고 싶지는 않았다.

전철을 타고 오는 동안, 광화문광장에 가기 전에 들렀던 전시회를 떠올렸다. 패션 디자이너가 되고 싶다는 꿈을 가지고 있던 친구가 희생당하기 전까지 그려 놓았던 작품들을 모아 전시를 하고 있었다. 그렇게라도 해서 이루지 못한 꿈을 대신 이루어 주고 싶은 마음들이 거기 모여 있었다. 자화상이나 풍경 그림과 함께 패션 아이템을 스케치한 것까지 다양하게 전시해 놓은 작품들을 하나하나 둘러 보았다. 아직 밑그림에 지나지 않는 것도 있고, 상당히 디테일하게 묘사한 그림들도 있었다. 옷과 신발을 디자인한 그림에 맞추어 똑같은 모양으로 만들어 놓은 실제 옷과 신발이 인상에 남았다. 살아 돌아왔다면 언젠가는 멋진 패션 디자이너가 되어 자신의 꿈을 펼치고 있을 터였다. 그런데 정작 당사자는 없고, 이루지 못한 꿈만 남아 사람들 마음을 아프게 건드리고 있었다. 생각할수록 슬픈 전시회였다. '거위의 꿈'이라는 노래를 잘 불렀다는 어느 여학생의 노래도 그랬다. 가수 김장훈이 그 여학생 목소리에 자신의 목소리를 얹어 부르는 영상을 봤을 때도 슬픈 노래라는 생각을 했다. 우리에겐 이제 슬픔만이 남은 게 아닐까 싶은 마음에 울컥울컥 목울음을 삼키곤 했다.

꼭 와 봐야겠다고 마음먹고 나선 길이었지만 돌아오는 발걸음은 무척이나 무거웠다. 아무리 애를 써도 내려놓기 힘든, 이 억울하고 슬픈 마음을 어떻게 해야 하는 걸까? 이 슬픔의 터널을 벗어날 수는 있는 걸까? 머리가 지끈거려 빨리 집에 가서 두통약이라도 먹어야겠다고 생각했다.

배드민턴 치던 오후

그동안 수경이 생각에 빠져 믹서기를 잊고 있었다. 잊고 있었다기보다는 일부러 밀어내고 있었다는 게 맞는 말일지도 몰랐다.

고등학교에 올라온 다음 우연히 마주친 것 말고, 딱 두 번 믹서기를 만나서 이야기를 나눈 적이 있었다. 그날따라 학원에 가기 싫어서 엄마에게 거짓말을 하고 이리저리 돌아다니다 근린공원 벤치에 앉아 멍하니 시간을 보내고 있을 때였다. 아마도 엄마하고 다투고 난 다음이었지 싶다. 인문계 고등학교에 온 게 후회스럽다는 말을 꺼냈다가 엄마에게 잔소리를 듣는 일이 종종 있었다. 돌이킬 수 없다는 걸 알면서도 저절로 짜증이 나곤 했는데, 그런 짜증을 엄마가 일일이 받아 주는 것도 쉬운 일은 아닐 거였다. 핸드폰이나 만지작거리며 싱숭생숭한 마음을 달래고 있는데 누군가 옆자리에 와서 앉는 게 느껴졌다. 처음엔 낯선 사람이려니 했는데, 느낌이 이상해서 고개를 돌려 보니 뜻밖에도 믹서기였다.

"어, 너…… 왜 말도 없이 옆자리에 와서 앉냐?"

"히히. 그냥…… 반가워서. 오랜만이다."

"나도 오랜만이긴 한데, 근데 너는 여기 왜 온 거야?"

"아, 우리 집이 바로 요 앞이거든. 그래서 가끔 여기로 놀러 와."

그러면서 믹서기는 공원 앞 연립주택이 늘어선 쪽을 가리켰다.

"그랬구나. 근데 너 혹시 아까부터 몰래 지켜보고 있었던 거 아냐? 아무래도 수상한데……."

"아, 아냐! 나도 방금 나왔어. 공원에 들어서는데 마침 네가 앉아 있는 게 보이기에 그냥 이리로 왔지. 실은 이 벤치가 내가 자주 앉는 자리거든."

머리를 긁적이는 믹서기가 왠지 부끄러움을 타는 듯 보였다. 나도 모르게 갑자기 그런 믹서기를 골려 주고 싶다는 생각이 들었다.

"그런데 너 가까이서 보니까 콧수염도 났구나. 되게 웃긴다. 크큭!"

"콧수염? 야, 남자가 콧수염 나는 게 뭐 이상한 거니? 나도 남자야. 너는 내가 남자로 안 보이냐?"

"어어, 흥분하지 마라. 믹서기답지 않게 왜 그래? 그냥 장난이었어. 장난이었다고……."

내가 손사래를 치다가 그만 믹서기 어깨를 툭 치고 말았다. 순간 믹서기가 움찔했다.

"내가 흥분했다고? 그게 아니라…… 당황해서 그런가 봐. 콧수염이 멋지게 난 것도 아니고 그냥 조금 나온 거라서 별로 마음에 안 들거든. 전부 뽑아 버릴 수도 없고, 흐흣!"

믹서기가 멋쩍은 웃음을 흘렸다. 웃음 속으로 덧니가 살짝 드러나 보이는 믹서기의 모습이 귀엽다는 생각을 잠시 했다. 믹서기와 장난스러운 말을 주고받다 보니 조금 전의 우울한 마음도 조금은 가시는 듯했다.

"근데 너는 지금 이 시간에 여기서 왜 혼자 앉아 있었어? 더구나 고등학생이…… 학원 가 있을 시간 아닌가? 너 학원 땡땡이 쳤구나."

"어떻게 알았냐? 땡땡이를 칠 수도 있는 거지. 지겨운 공부에 이 몸이 배겨 나질 못하겠다. 그러는 넌 왜 이렇게 한가한데?"

"응, 나는 학원에 안 다니잖아. 난 집에서 혼자 공부하는 게 좋아. 중학교 때부터 그랬거든."

"그랬구나. 하여간 심심한데 잘됐다. 반갑기도 하고."

뜻밖의 만남이 그리 싫지 않았다. 여기서 농담 따 먹기라도 하며 시간을 보낼 수 있다면 그것도 나쁘지는 않겠다는 생각이 들었다.

"민지야, 날도 좋은데 우리 배드민턴이나 칠까?"

"엥? 배드민턴?"

뜬금없는 제안에 믹서기 얼굴을 빤히 쳐다보았다.

"응, 평소에 여기서 배드민턴 치는 사람들이 많아. 재밌을 거야."

그러더니 믹서기는 내 입에서 대답이 나오기도 전에 자리에서 벌떡 일어났다.

"잠깐 기다려. 내가 집에 가서 배드민턴 채 갖고 올게."

"어? 어, 그래."

엉겁결에 내 입에서 나온 말을 뒤로하고 믹서기는 빠른 걸음으로 자기 집 쪽을 향해 걸었다. 그런 믹서기의 뒷모습을 보면서 피식 웃음을 흘렸다. 누가 믹서기 아니랄까 봐. 하여간 독특한 녀석이야. 덕분에 생각지도 않은 배드민턴을 다 쳐보게 생겼네. 근데 내가 믹서기하고 둘이 공원에서 배드민턴을 쳤다고 하면 친구들이 우스워하려나? 혹시 누가 보기라도 한다면 "야, 너네 둘이 썸 타는 거 아냐?" 하고 놀릴지도 모를 일이었다. 그러거나 말거나……. 생각은 어느새 어릴 적에 아빠하고 배드민턴을 치던 추억 속 한 장면으로 이어졌다. 초등학교에 막 들어갔던 무렵이었나? 집 앞 골목에서 제대로 치지도 못하는 배드민턴 채를 들고 공을 쫓아다니던 때가 있었다. 아빠가 아무리 쉽게 올려 줘도 배드민턴 채는 허공을 가르기 일쑤였다. 배드민턴 채는 또 왜 그리 무겁던지. 그래도 어쩌다 한 번 콕을 제대로 맞추면 좋아라 손뼉을 쳐 댔다. 그럴 때마다 잘했다며 치켜 주던 아빠의 환한 웃음이 떠올랐다. 생각에 잠겨 있는 동안 믹서기가 배드민턴 채 두 개를 들고 헐레벌떡 뛰어왔다.

"뭘 그렇게 뛰어오니? 남는 게 시간인데."

"너 기다릴까 봐. 그래도 금방 왔지?"

숨찬 표정의 믹서기 얼굴이 발그레 상기되어 있었다.

"자, 이건 네 거."

믹서기가 건네주는 배드민턴 채를 들고 자리에서 일어났다.

"저쪽에 가서 치자. 바람도 안 불어서 배드민턴 치기에 딱 좋은걸."

"근데 생각할수록 좀 웃기긴 한다. 공원에서 느닷없이 배드민턴이라니……."

믹서기를 따라가며 어색함을 감추려고 중얼거려 보았으나 믹서기는 못 들은 모양이었다.

"자, 내가 먼저 친다. 잘 받아."

믹서기가 라켓을 들고 배드민턴 콕을 머리 위로 높이 던져 올렸다.

"펑!"

"펑!"

배드민턴 콕이 공중에서 이쪽과 저쪽을 몇 차례 번갈아 오고 갔다.

"오, 민지 너, 좀 제법인데?"

"그러엄. 중학교 체육 시간 때 내가 배드민턴 실기시험에서 A 받았잖아."

"어쩐지, 보통 솜씨가 아니더라니……."

그러다가 콕이 내 머리 위로 휙 날아갔다.

"야, 그렇게 치면 어떡해. 내가 받을 수 있도록 해야지."

"아, 미안! 나도 모르게 힘이 너무 들어갔어."

믹서기가 후다닥 달려오더니 나를 지나쳐서 콕이 떨어진 쪽으로 뛰어갔다.

"내가 주워도 되는데……."

"미안, 내 실수였어."

믹서기는 다시 제자리로 가더니 "우리 시합 할까?" 하고 제안했다.

"시합? 그럴까? 그럼 15점 내기로 하자."

"좋았어."

관중도 없는 시합이 이어지는 동안 이마에 송골송골 땀이 맺혔다. 믹서기가 대충 봐주면서 치는 듯했지만 그래도 승리는 당연히 믹서기에게 돌아갔다.

"미안. 져 줘야 하는 건데……."

믹서기가 겸연쩍은 듯 배드민턴 채를 흔들어 보이며 말했다.

"넌 아까부터 뭐가 자꾸 미안하다고 그러냐. 그냥 재미로 친 건데."

"그래도……."

"이제 좀 앉아서 쉬자. 모처럼 땀 흘렸더니 덥다."

"그래, 의자에 앉아서 잠깐만 기다려."

이번에도 믹서기는 배드민턴 채를 벤치 위에 올려놓더니 어딘가로 부리나케 달려갔다.

잰 어딜 또 가는 거야? 하여간 못 말린다니까. 멀어져 가는 믹서기의 뒷모습을 보며 혀를 찼다. 기다리는 동안 핸드폰을 꺼내 카톡을 열어 보니, 언니에게서 연락이 와 있었다. 어디서 뭐하고 있느냐는 물음이었다. 모른 척 씹을까 하다가 '친구들하고 놀고 있는 중' 하고 답신을 보냈다. 그랬더니 바로 중앙상가 쪽에서 보자는 톡이 왔다. 만날 시간을 정하고는 핸드폰을 닫았다. 고개를 드니 믹서기가 아이스크림 두 개를 들고 오는 게 보였다.

"야, 시합은 내가 졌는데 니가 왜 아이스크림을 사 오는 거야?"

"그냥. 내가 먼저 배드민턴을 치자고 했으니까. 자, 받아."

"너 참 매너 있다. 어쨌든 고마워. 잘 먹을게."

벤치에 나란히 앉아 아이스크림을 먹는 동안 잠시 침묵이 흘렀다. 그러다가 문득 생각나는 게 있어서 믹서기에게 단도직입적으로 물었다.

"그런데, 너 혹시…… 나한테 관심 있니?"

"관심? 그게 무슨 말이야?"

순간 믹서기가 당황한 표정을 지었다.

"생각해 보니까 중3 때 네가 텃밭 동아리 하면서 삼겹살 파티 하는 날 나한테 같이 가겠냐고 물어봤었잖아. 카톡으로. 생각 안 나?"

"아, 그때? 그거야 옛날 얘기잖아."

믹서기는 얼버무리며 넘어가려고 했다. 하지만 다시 한 번 확인하고 싶었다.

"왜 하필 나한테 가자고 했는지, 솔직히 말해 봐. 지금 생각해 보니까 정말 이상해."

"이상하긴 뭐가 이상해. 너 오디션 못 나가서 위로해 주려고 그랬다고 한 거 같은데……."

믹서기는 여전히 무슨 말을 하고 싶으냐는 표정이었다.

"그건 생각나는데, 왜 하필 나였냐는 거지. 오디션 못 나간

건 나만 그런 게 아니고 우리 팀 전부가 그런 거잖아. 우리 반에 은지도 있고 수경이도 있었는데."

"은지는 별로 친하지도 않고…… 그리고 수경이는 무섭잖아."

"뭐? 수경이가 무서워? 우하하."

나는 그만 웃음을 터뜨리고 말았다.

"수경이가 널 잡아먹기라도 하냐? 무섭긴 뭐가 무서워? 다 같은 친군데. 수경이가 들으면 어이없겠다, 야."

순간 믹서기 얼굴이 빨개졌다.

"그런 게 아니라, 수경이 말하는 게 좀 세잖아."

"그래서 그랬다고? 어이구야. 수경이가 말하는 거만 그렇지 얼마나 마음 약한 앤데, 넌 정말 수경이를 모르는구나."

"그런가? 하여간 다른 남자애들도 수경이를 무서워했던 건 사실이잖아."

항변하듯이 말하는 믹서기를 보며 한마디 안 할 수가 없었다.

"쯧쯧, 그러니까 작년 우리 반 애들이 그만큼 지질했다는 거야. 지들이 못났으니까 말도 못 하고 그런 거지."

사실 그랬다. 경호 패거리 몇 명 말고는 남자애들이 다들 순진하고 얌전한 편이었다.

"그런데 참, 너하고 수경이하고 같은 학교 다니잖아."

"응, 맞아. 가끔 마주치기는 하는데, 만나도 할 얘기가 별로 없어서…….”

“아무리 그래도 동창끼리 그게 뭐니? 좀 사이좋게 지내지.”

“같은 학교라도 별로 만날 일도 없는데 뭐. 그리고 아까 내가 무섭다고 그랬잖아. 후훗.”

믹서기가 바보 같은 웃음을 지었다.

“그건 그렇고, 너 그때 정말 나한테 아무 생각 없이 같이 가자고 그랬던 거야?”

이야기가 곁으로 흘러가는 걸 막기 위해 다시 믹서기를 똑바로 보면서 물었다.

“그, 그랬다니까.”

믹서기가 당황한 목소리로 말했다.

“그다음부터는 두 번 다시 그런 얘기 안 꺼냈잖아.”

“그렇긴 한데…… 알았어. 그렇다니까 그런 줄 알아야지, 뭐. 그냥 갑자기 궁금해서 물어본 거야. 하여간 나 이제 가야 할 시간이다.”

나는 가방을 메고 일어섰다.

“어, 그래? 어디로 가는데?”

믹서기도 엉거주춤 따라 일어서며 물었다.

“응, 언니하고 만나기로 했어. 뭐 사 준다고 중앙상가 쪽으로 나오래. 이왕이면 예쁜 티라도 하나 사 달라고 해야지. 힛!”

“와~ 부럽다. 뭐 사 주는 언니도 있고. 나도 그런 형이나 누나가 있으면 좋겠는데, 형보다 누나면 더 좋고……."

"그럼 너는 외아들이야?"

"응, 나 혼자야."

"그렇구나. 혼자면 외롭겠다. 아무튼 오늘 즐거웠어. 담에 또 보자."

그날 믹서기가 손을 흔들었는지 어쨌는지는 정확히 기억나지 않는다. 하지만 헤어지면서 "그래, 꼭 연락할게. 약속 지켜."라고 했던 말은 어렴풋이 생각난다. 그때만 해도 그냥 흘려들었기에 믹서기가 정말로 연락을 해 올 거라는 생각은 하지 못했다. 빨리 언니를 만나서 옷 사 달라고 졸라야겠다는 마음이 앞섰으니까.

생일 파티

모처럼 '오죽하면' 팀이 다 모였다. 아니, 정확하게 얘기하면 수경이가 빠졌으니까 '사죽하면'이 맞을지도 몰랐다. 하지만 조금 있으면 수경이를 만날 테니까 '오죽하면'이라고 해도 크게 틀린 말은 아니었다.

수경이는 지금 평택의 서호추모공원이라는 곳에 있다. 그곳으로 친구들과 함께 수경이를 만나러 가는 중이다.

"너희들 울지 마. 울지 않는 거야. 알았지?"

출발 전부터 미란이는 우리에게 단단히 다짐을 받아 두었다.

"생일 축하하러 가는데 울면 뭐가 되냐? 그러니까 수경이 앞에 가서 절대 울지 말자고."

정확하게 얘기하자면 수경이 생일은 아직 이틀 남았다. 그런데 생일은 당겨서 치르면 치렀지, 지난 다음에 치르는 게 아니라는 어른들 말씀 때문에 미리 다녀오기로 했다. 평일엔 수업 마치고 평택까지 갔다 오는 게 힘들어서 일요일을 택한 것이다. 수경이 어머니께 미리 갔다 오겠다고 말씀을 드리고, 가는 길과 추모공원에 대한 안내를 받았다.

9월 중순을 지나면서 날씨는 점차 가을로 접어들고 있었다. 햇살은 여전히 따가웠지만 그런대로 견딜 만했다. 우선 전철을 타고 평택 조금 못 미친 곳에 있는 서정리역까지 가기로 했다. 거기서 추모공원까지 가는 셔틀버스가 있다고 했다. 수경이한테 간다고 했을 때, 혜림이 아빠가 차로 데려다준다고 했으나 우리끼리 갔다 오는 게 좋겠다며 사양했다. 오롯이 친구들만 모여서 생일을 축하해 주고 싶었다.

전철을 타고 가는 동안 친구들과 마치 예전으로 돌아간 것처럼 웃고, 떠들었다. 웃음과 수다로 이어지는 시간은 우리가 지금 어디로, 누굴 만나러 가고 있는 것인지를 잠시 잊게 해 주었다. 그동안 학교에서 있었던 이야기들이 쏟아져 나오고, 핸드폰에 저장해 놓은, 각자 좋아하는 아이돌의 사진을 돌려 보며 킥킥거리기도 했다. 마치 나들이를 가는 기분이었다. 사실 방학 동안에도 이렇게 한가롭게 어딘가를 갔다 와 본 적이 없었다.

"여기서 타는 거 맞아?"

전철에서 내린 다음 셔틀버스가 있다는 곳을 찾아 두리번거렸다.

"그렇다고 했는데…… 어디로 가야 하지?"

"아, 저기 버스가 있다. 서호추모공원이라고 써져 있잖아."

은지가 가리키는 곳을 보니 미니버스가 한 대 서 있었다.

"오~올, 맞다. 저거야. 빨리 가자."

미란이가 재촉하는 소리와 함께 버스가 있는 곳으로 서둘러 걸음을 옮겼다. 버스 안에는 이미 제법 많은 사람들이 타고 있었다. 잠시 기다려서 몇 명을 더 태운 버스는 시동을 걸고 출발했다. 버스가 출발하고 나자, 우리는 전철에서와는 달리 눈에 띄게 말수가 줄어들었다. 간간이 길가 풍경이 멋있다는 얘기며, 얼마나 가야 도착할 것인지 등에 대한 말이 나오기도 했으나 다들 말을 아끼는 게 느껴졌다. 도착하면 수경이에게 무슨 말을 하고 와야 할까, 머릿속에서 이리저리 궁굴려 보았다. 뒤죽박죽 정리되지 않은 생각 가운데 어떤 하루의 기억이 툭 튀어나왔다.

그날은 내 생일이었다. 저녁에 식구들하고 생일 축하 겸 외식을 하고 돌아와서 쉬고 있는 참이었다. 컴퓨터 앞에 앉아 있는데, 누군가 급히 문을 두드리는 소리가 났다. 초인종도 있는데, 왜 문을 두드리고 그럴까? 대체 누군데 밤늦게 찾아온 걸까? 생각하는 사이에 다급한 목소리로 "민지야, 민지야!" 하는 소리가 들렸다. 엄마가 "누구세요?" 하면서 안방에서 나오려는 걸, 친구들이 찾아온 모양이라면서 내가 먼저 나가서 문을 열었다. 문밖에는 수경이가 울상이 된 얼굴로 서 있었다.

"무슨 일이야? 왜 그래?"

"민지야, 얼른 나와 봐. 혜림이가 놀이터에서 놀다가 다쳤어. 그네에서 떨어졌는데 허리를 다쳤는지 일어나질 못하겠대. 지금 미란이가 지키고 있으니까 빨리 가 보자."

"무슨 소리야, 그게?"

나는 놀라서 추리닝을 입은 그대로 뛰어나왔다.

"엄마, 나 잠깐 나갔다 올게."

엄마의 대답도 듣지 않고 나는 현관문을 열었다. 수경이는 다짜고짜 내 손을 끌고 뛰었다.

"어쩌다 그랬대? 정말 크게 다친 거야? 혜림이 집에는 연락했어?"

끌려가면서 나는 다급하게 질문들을 던졌지만, 수경이는 가 보면 안다며 대꾸하지 않았다. 그렇게 허겁지겁 놀이터에 도착해 보니 어둠에 가려 사람은커녕 그림자 같은 것도 보이지 않았다. 놀이터 바깥쪽에 가로등이 있었지만 놀이터 안쪽까지 밝혀 줄 만큼은 되지 못했다.

"혜림이는 어디 있는 거야?"

"이쪽이야. 이리 와 봐."

수경이가 내 팔목을 잡고 미끄럼틀 있는 쪽으로 이끌었다. 어둠 속을 두리번거리며 미끄럼틀이 있는 곳으로 다가가자 수경이가 핸드폰 플래시를 켜서 비추었다. 그와 동시에 "펑!" "펑!" 소리와 함께 미끄럼틀 양쪽에서 미란이와 혜림이가 폭죽을 터뜨리며 나왔다.

"어맛, 깜짝이야! 이게 뭐야, 니들?"

"뭐긴 뭐야. 우리 민지님 생일 축하하는 거지. 하하."

그제야 수경이가 웃음을 터뜨렸고, 미란이와 혜림이도 박수를 치며 환호했다.

"우리 친구 민지의 열여섯 번째 생일을 축하합니다. 짝짝짝!"

나는 어쩔 줄 모른 채 "아니 니들! 이게 뭐야, 말도 안 돼." 같은 소리만 늘어놓다가 조금씩 정신이 돌아왔다.

"야, 낮에 학교에서 너희들이 생일 축하해 줬잖아. 근데 이건 또 뭐야?"

"그건 뭐랄까? 그러니까 음~ 그건 그냥 오프닝 쇼였다고나 할 수 있지. 말하자면 지금 이 순간을 위해 연막작전을 펼친 거야."

사실 학교에서 쉬는 시간에 친구들이 몰려와 편지를 건네주면서 생일 축하 노래를 불러 주기는 했다. 하지만 선물이나 케이크도 없이, 조금은 썰렁한 축하였다.

"민지야. 미안! 실은 네 생일을 까먹고 있었는데, 아침에 은지가 말해 줘서 겨우 알았지 뭐야. 그래서 급히 우리가 편지 한 장씩 쓴 거야. 저~엉말 미안해. 민지야, 용서해 줄 거지?"

수경이가 정말 미안해 죽겠다는 표정을 지으며 말했다.

"그리고 이건 너를 위한 선물이야. 너를 닮은 꽃. 후후."

은지가 등 뒤로 감추고 있던 장미꽃 한 송이를 꺼내 들었다.

"장미의 여신, 우리 민지님을 위해."

은지는 너스레와 함께 나를 향해 장미꽃을 내밀었다.

"이거 화단에서 몰래 꺾은 거야. 선생님들한테 혼날까 봐 몰래 꺾었어. 아무리 그래도 꽃 한 송이는 있어야 할 것 같아서. 힛!"

은지가 내미는 장미 한 송이를 받아들면서도 내심 서운한 건 사실이었다. 말로는 괜찮다며 웃음을 지어 보였지만, 다른 친구들에 비해 은근히 나를 차별하는 게 아닌가 하는 생각을 지울 수 없었다.

낮에 그랬던 마음이 살그머니 봄눈 녹듯 사라지고 있었다.

"자자, 그만 놀라고…… 이제 생일 케이크를 대령해야지. 미란아, 빨리 가져와."

"그래, 알았어."

미란이가 미끄럼틀 뒤로 가더니 양초를 꽂은 케이크를 들고 나왔다.

"이건 특별히 민지를 위해 내가 직접 집에서 만든 케이크야."

미란이가 들고 나온 건 팬케이크를 몇 개 겹쳐 올린 뒤에 시럽을 뿌리고 딸기와 블루베리를 얹어 그럴듯한 모양을 하고 있었다. 미란이가 팬케이크를 잘 만든다는 건 알고 있었다. 평소에 미란이 집에 놀러 가면 직접 팬케이크를 구워 주곤 했었다. 그때마다 친구들은 미란이의 솜씨를 칭찬하며 나중에 제빵사를 하라고 부추기기도 했다.

"자, 이제 촛불에 불을 붙여야지."

"그래, 그래. 다 모여. 촛불이 꺼지지 않게 바람을 막아야지."

친구들이 빙 둘러선 다음 촛불에 불을 붙였다. 그러고는 다시 한 번 생일 축하 노래를 불러 주었다.

"민지야, 이제 촛불 끌 차례야. 소원 빌면서 끄는 거 알지?"

"그래, 알았어. 고마워. 자, 끈다."

나는 두 볼에 바람을 가득 담았다가 힘껏 불었다. 촛불이 한꺼번에 꺼지고 다시 아이들의 박수와 환호가 터졌다.

"이민지, 무슨 소원을 빌었는지 말해야지."

"너, 남친 생기게 해 달라고 빌었지? 그렇지?"

"소원은 무슨 그냥……."

내가 망설이자 친구들이 합창을 하듯 외치기 시작했다.

"말해 봐! 말해 봐!"

"남친 같은 건 아니고, 그냥 너네랑 영원히 우정을 변치 말게 해 달라고 빌었어."

"에이~ 그거야 당연한 거고, 너 정말 남친 만들 생각 없어? 사실을 말해 봐."

수경이가 재우쳐 물었지만 아니라고 고개를 흔들었다. 가끔 남친이 있으면 좋겠다는 생각을 안 해 본 건 아니지만 소원으로 빌 만큼 절실하지는 않았다.

"자, 그럼 그건 됐고. 민지야, 잠깐만 돌아서 있어 봐."

혜림이가 내 몸을 돌려세우며 말했다.

"뭔데 또?"

나는 친구들이 또 무슨 쇼를 벌이나 싶어 궁금했지만 시키는 대로 돌아서 있었다.

"자, 민지야. 이제 몸을 돌려."

잠시 후에 혜림이의 말이 떨어졌고, 나는 몸을 돌렸다.

"짜잔!"

수경이가 들고 있던 네모난 묶음을 늘어뜨렸다. 그러자 하드보드지에 글씨와 그림이 빽빽이 들어찬 종이판 네 개가 줄에 매달린 채 주르륵 펼쳐졌다.

"우리 친구들이 민지에게 주는 우정의 팬레터야!"

순간 콧등이 시큰해지면서 주책없이 눈물이 나왔다.

"고마워. 정말이야. 난 그런 줄도 모르고…… 흐엉."

창피하게도 콧물까지 흘리며 훌쩍거리는 내 모습을 보고 친구들이 깔깔거렸다.

"오~올, 곰순이 운다. 울어. 정말 감격했나 봐."

미란이가 예의 '오~올' 소리를 내며 손뼉을 쳤다.

"야, 우리 곰순이를 위해 준비한 마지막 선물을 꺼내야지."

수경이의 말에 혜림이가 "아, 참!" 하면서 다시 미끄럼틀 뒤로 갔다.

"이번엔 뭔데, 또?"

나는 콧물을 닦아 내며 미끄럼틀 쪽으로 눈을 돌렸다. 잠시 후에 혜림이가 들고 나온 건 커다란 곰돌이 인형이었다.

"곰순이가 좋아하는 곰돌이 푸랍니다. 하하."

하면서 혜림이가 내 가슴에 곰돌이 인형을 안겼다.

"기집애들 정말 못됐어. 나를 자꾸만 울게 만들고……. 나쁜 것들이야, 힝!"

겨우 가라앉으려던 눈물이 다시 흘러나오더니 가슴에 안고 있는 곰돌이 인형 위로 떨어졌다.

곰순이는 곰돌이 인형을 좋아한다고 해서 친구들이 내게 붙여 준 별명이었다. 미란이는 '오~올' 소리를 자주 한다고 해서 '올순이', 혜림이는 잘 삐친다고 해서 '삐순이', 우리 중에 가장 먹성이 좋은 은지는 '먹순이'. 그리고 수경이는 빽 소리를 잘한다고 해서 '빽순이'로 통했다. 서로에게 별명을 붙여 주던 날 수경이가 "야, 내가 언제 빽 소리를 질렀다고 그래!" 라고 했다가 친구들이 "거봐. 지금도 빽 했잖아. 하하!" 하면서 놀리기도 했다. 오디션에서 떨어지고 난 다음 누군가의 입에서 '오죽하면'이라는 팀명이 안 좋아서 그런 게 아니냐는 말이 나왔다. 그러면서 차라리 우리들의 별명에 맞춰 '오순이들의 몸짓'이나 '오순도순 패밀리' 같은 이름이 나을 뻔했다는 얘기를 주고받으며 웃었다.

"오늘 이거 내가 낸 아이디어야. 그러니까 민지 너 잊으면 안 된다."

수경이가 자랑하듯 말했다.

"그래, 그래. 알았어. 잊지 않을게. 오, 아름다운 나의 밤이여!"

내가 팔을 활짝 벌리며 너스레 떨자 친구들이 모두 웃었다.

그날 밤늦도록 공원에서 웃고 떠들며 즐거워하던 친구들 중에 지금 수경이는 우리 곁에 없다. '없다'라는 말이 훗날 사무치게 닥쳐올 줄은 당시만 해도 우리 중 누구도 알지 못했다. 희생된 친구들이 하늘로 올라가 별이 되었다고 하는데, 그렇다면 수경이도 그날 밤 우리의 머리 위에서 빛나던 별들 속으로 들어가 섞여 있는 걸까? 그렇게 다른 별들과 친구가 되어 지내고 있는 걸까?

이윽고 버스가 서호추모공원에 도착했다. 추모공원은 산자락을 깎아 만든 터에 관리동과 추모관, 두 개의 건물을 세워서 만들었다. 주차장 위로 향나무가 늘어선 가족묘와 수목장이 있고, 바로 그 옆이 현대식으로 지은 추모관 건물이었다. 버스에서 내린 우리는 바로 추모관 안으로 들어갔다. 수경이 부모님이 알려 준 대로 2층으로 올라가 네모난 안치함이 위아래로 정연하게 늘어서 있는 방들을 차례로 둘러보았다. 안치함마다 고인과 가족들의 사진을 붙이거나 넣어 놓았는데, 당연히 노인 분들의 안치함이 많았다. 간혹 젊은 사람들의 안치함도 눈에 띄었는데, 그들이 가장 행복했을 시기의 사진들을 보자 마음이 찌르르했다.

"여기야. 이리로 와."

어린아이를 두고 죽은 젊은 부인의 안치함을 보며 안타까움에 젖어 있을 때, 은지가 부르는 소리가 들렸다. 옆방에 있던 우리는 은지가 부르는 방으로 얼른 달려갔다. 안에 들어서자 한눈에도 단원고 친구들의 방임을 알 수 있었다. 낯익은 교복 사진과 명찰 같은 것들이 먼저 눈에 들어왔기 때문이다. 다른 이들의 안치함도 있었지만, 상당수가 단원고 친구들의 유해를 담은 안치함으로 이루어져 있었다. 하늘나라에 가서도 친구들과 함께 지내라고 유가족들이 안치함을 한자리에 마련한 모양이었다.

은지가 서 있는 곳으로 가까이 다가가니 작고 네모난 벽장 안에서 수경이가 웃는 얼굴로 우리를 반겨 주었다. 마치 기다렸다는 듯이 환한 표정이었다. 유리문으로 막힌 그 너머 가운데에 '故 최수경'이라고 쓰인 유골함이 있고, 그 주위로 몇 장의 사진과 명찰, 그리고 평소에 수경이가 좋아하던 목각 인형이 놓여 있었다. 한복을 입고 찍은 첫돌 사진도 있고, 부모님과 함께 놀이공원에서 찍은 사진도 보였다. 그리고 벚꽃 아래 친구들과 함께 찍은 사진이 있었는데, 아마도 수학여행 떠나기 전에 같은 반 친구들과 찍은 사진인 모양이었다. 사진 속에서 수경이는 손가락을 브이 자 모양으로 해서 눈 옆에 대고 있었다. 수경이가 사진을 찍을 때면 늘 취하던 포즈였다.

"수경아, 우리 왔어."

"미안해. 너무 늦게 왔지?"

우리가 건네는 말에 수경이는 아무 대답이 없었다. 평소 같으면 당장 뛰어나와서 왜 이제 왔냐고 소리칠 것 같은데, 사진 속 수경이는 그냥 생글생글 웃고만 있었다.

"우리 다 같이 묵념부터 하자."

"그래, 그렇게 하자."

혜림이 말에 따라 모두 고개를 숙이고 눈을 감았다. 생전의 수경이 모습이 떠올라 저절로 입술이 깨물어졌다. 얼마 안 돼 옆에서 흐느끼는 소리가 났다. 출발할 때 절대 울지 말자고 신신당부했던 미란이었다.

"바보야, 울지 말자며……. 울지 말자고 해 놓고 왜 울어? 왜 먼저 우냐고? 흑."

눈물은 전염성이 강하다는 누군가의 말처럼 어느새 네 명 모두 울음소리를 내기 시작했다. 누가 먼저랄 것도 없이 서로 껴안고 한참을 그렇게 울었다. 그런 모습을 보고 몇몇 어른들이 "어쩌면 좋누. 저 어린것들이, 휴……." 하며 탄식과 같은 한숨을 내쉬며 지나가기도 했다.

"그만 울자. 그만 울고, 준비한 생일 케이크 꺼내자."

겨우겨우 눈물을 훔치고 미란이가 만들어 온 팬케이크를 꺼내서 초를 꽂았다. 그리고 불을 붙인 다음 생일 축하 노래를 부르기 시작했다. 하지만 노래는 길게 이어지지 못했다. '사랑하는 수경이'에서 더 나아가지 못하고 서로의 울음소리에 묻혀 버렸다. 다 울고 나니 더 이상 할 게 없었다. 수경이와 대화를 나눌 수도, 손을 잡을 수도 없다는 쓸쓸함만 가슴으로 밀려들었다.

"수경아, 잘 있어. 다음에 또 올게."

"외로워도 우리처럼 울지 말고 잘 견뎌야 해."

"우리가 보고 싶으면 빽순이답게 소리 질러, 그래야 수경이잖아."

"우리 잊지 않을 거지? 우리도 너 잊지 않을 거야. 그러니까 심심하면 우리가 쓴 편지 읽으면서 힘내."

마지막으로 미리 써 온 편지를 접어서 유리벽 왼쪽에 스카치테이프로 붙여 놓은 다음 발길을 돌렸다. 돌아보면 눈물이 날 것 같아 다들 입술을 꾹 다물고 추모관 밖으로 나왔다. 추모관 안으로 들어가는 사람들이 눈물자국이 마르지 않은 우리들 얼굴을 힐끔거렸다. 개중에는 짐작이 간다는 듯 안쓰러운 눈길을 보내오기도 했다. 추모관 밖에 나와서도 친구들은 한동안 말이 없었다.

"가야지."

"그래, 가야지."

우리는 서정리역으로 돌아가는 셔틀버스를 탔다. 더 이상 다들 아무 말도 하지 않았다.

전철에서 내려 안산에 도착했을 때는 아직 해가 저물기 전이었다. 역 광장으로 나왔으나 누구도 먼저 집으로 가자는 말을 꺼내지 않았다.

"야, 도저히 기분이 꿀꿀해서 그냥 집으로 못 가겠다. 우리 노래방이라도 가서 놀다 가자."

미란이가 운을 떼자 마치 기다리기라도 했던 것처럼 모두 고개를 끄덕였다.

한 시간 예약을 하고 노래방 주인이 안내하는 룸으로 들어

갔다. 노래를 고르는 사이에 미란이가 슬그머니 밖으로 나갔다. 화장실을 가는 모양이라고 생각했는데, 미란이는 혜림이의 첫 곡이 끝날 때까지 돌아오지 않았다. 내가 막 린의 '곰인형'을 선곡하고 마이크를 잡고 있을 때 미란이가 들어오더니 메고 있던 가방을 풀었다. 가방 안에서 나온 것은 뜻밖에도 소주와 맥주였다.

"뭘 그렇게 봐? 우리는 술 마시면 안 돼? 너희도 다 마셔 봤잖아. 나 오늘 취하고 싶어."

혜림이와 은지가 뭐라고 하기도 전에 미란이는 사 온 술과 과자를 테이블에 올려놓았다.

"으이그, 민지는 또 '곰인형'이구나. 누가 곰순이 아니랄까 봐. 하여튼 멋지게 뽑아 봐. 이 언니가 분위기 맞춰 줄 테니까."

미란이가 그렇게 말하고는 응원단장처럼 두 손을 흔들어 댔다.

"야야, 이리 나와. 다 같이 놀아야지."

미란이의 재촉에 혜림이와 은지도 소파에서 몸을 일으켰다. 전주가 끝나고 바로 노래가 시작됐다.

함께 본 영화표를 태우고
니가 사 준 곰인형을 패도
엉엉 울어 봐도 후련하지 못해.

함께 산 핸드폰을 버리고
니가 사 준 백일 반지를 빼도
준 건 다 버려도 널 잊지를 못해.

내가 노래를 부르는 동안 미란이는 소주를 따서 한 모금 마신 다음 다시 두 손을 좌우로 흔들었다. 그러면서 혜림이와 은지에게도 술을 권했고, 둘 다 뿌리치지 않고 넙죽넙죽 받아 마셨다.

친구도 만나 보고 남자도 만날게.
밥도 잘 먹어 보고 술도 좀 마실게.
근데 또 웃긴 게 해 볼 건 다 했는데
널 잊는 게 그것만 안 돼.

"야, 술도 마신다잖아. 그러니까 너도 한잔해야지."

간주가 나오는 동안 미란이는 나에게도 종이컵에 술을 따라서 내밀었다. 분위기 때문이었을까? 어쩌다 친구들과 몰래 술을 마실 때면 항상 뒤로 빼는 편이었는데, 웬지 오늘만은 사양하고 싶지 않았다. 술이 목구멍 속으로 넘어가자 목소리가 더 잘 나오는 것 같았다.

"오~올, 100점 나왔다, 100점! 민지 양, 오늘 필 받았구나."

술 때문인지 분위기는 점점 달아올랐다. 노랫소리와 탬버린 소리, 우아우아 질러대는 추임새가 어울려 노래방 안은 뜨거운 열기가 훅훅 끼칠 정도였다. 땀방울이 이마와 목을 타고 흘러내렸다. 술은 어느새 거의 비워지고 있었다.

"자, 내가 이번엔 수경이가 좋아하던 노래 하나 할게. 수학여행 가기 전에 우리랑 마지막으로 만났을 때 수경이가 불렀던 노래야."

은지는 영화 〈겨울왕국〉의 주제가를 찾아 눌렀다.

하얀 눈 뒤덮인 산 위에
발자국 하나 없구나.
그 누구도 없는 왕국
내가 이곳 여왕이야.

노래가 시작되자 미란이가 테이블 위에 있던 휴지를 집어 들더니 잘게 찢어 공중에 뿌리면서 빙글빙글 돌기 시작했다. 노래방 안은 마치 눈이 내리는 듯한 풍경이 연출됐다. 은지는 노래를 부르며 자신이 얼음성에 갇힌 엘사라도 된 것처럼 두 손을 가슴에 모았다가 양옆으로 활짝 펼치는가 하면 소파 위로 뛰어올랐다 내려오기도 했다. 수경이가 노래를 부르며 하던 행동 그대로였다.

Let it go, Let it go

이젠 참지 않을 거야

Let it go, Let it go

'Let it go'가 나올 때면 네 명이 다 같이 고함을 지르듯 한꺼번에 합창을 했다. 가슴을 확 터뜨려 버리고 싶다는 생각이 몸과 마음을 가만두지 않고, 제멋대로 이끌어 가고 있었다.

문을 열고 나아갈 거야

괜찮아, 누가 뭐라 해도

폭풍 몰아쳐도

추위 따윈 두렵지 않다네.

함께 춤추며 노래를 따라하는 동안 저절로 눈물이 났다. 땀과 눈물이 범벅인 채로 볼을 타고 흘러내렸다. 다른 친구들의 볼 빛도 조명을 받아 번들거렸다. 노래가 끝나자 다들 지쳐서 소파에 몸을 던졌다. 열기와 취기가 한꺼번에 몰려들었다.

"야, 우리 수경이 욕 하나씩 해 볼까?"

이번에도 미란이가 제안했다.

"수경이 나쁜 년이잖아. 우리들 놔두고 지 혼자 하늘나라로 가면 좋냐? 의리 없게."

하면서 미란이는 마이크를 은지에게 넘겼다.

"은지, 너부터 해 봐. 수경이가 얼마나 못됐는지 다 털어놔 봐."

은지는 마이크를 잡더니,

"그래, 미란이 말대로 수경이 너는 나쁜 년이야."

하면서 흥분한 어조로 말을 이어 갔다.

"수경이 그년이 노래도 못 하는 게 맨날 자기가 최고로 노래 잘한다고 우겼잖아. 야, 최수경! 니가 나보다 노래 잘해? 웃기지 마! 내가 너보다 훨 잘해, 이것아."

이번에는 혜림이가 마이크를 잡았다.

"최수경, 너 정말 웃기더라. 수학여행 가는 날 다른 애들한테는 다 문자 하고 나한테는 안 해? 왜 그랬는데? 나만 니 친구 아니냐?"

이번에는 내 차례였다.

"그뿐인 줄 아냐? 너 나한테 거짓말했지? 뭐, 너네 학교 남학생 나한테 소개해 준다고? 그래 놓고 쌩 깠잖아. 이 나쁜 년아!"

미란이가 다시 마이크를 잡았다.

"듣고 보니 수경이 정말 나쁜 년 맞네. 듣고 있냐, 최수경! 근데 말이야…… 너 나쁜 년 맞는데…… 정말 나쁜 년인데…… 그런데…… 흑, 왜 이렇게 보고 싶냐! 어흐흑!"

미란이가 마이크를 집어 던지며 오열을 했다. 그러자 다른 친구들도 모두 끄억끄억 울음을 토해 내기 시작했다.

"수경아 보고 싶어. 한 번만 더 보고 싶어. 수경아, 수경아!"

"내가 잘못했어, 수경아. 너한테 못생겼다고 안 할게. 그러니까 수경아, 내가 잘못했으니까 우리 다시 같이 놀자. 흐흑."

"수경아, 우리 우정의 맹세했잖아. 네 생일날, 죽을 때까지 우정 변치 말자고, 한번 친구는 영원한 친구니까 배신자는 용서하지 말자고, 네가 그랬잖아. 그런데 왜? 그런데 왜 먼저 죽었는데…… 왜 이렇게 보고 싶게 만드냐고오~!"

"수경이 나쁜 년, 죽일 년, 보고 싶은 년! 나와, 당장 나오란 말이야! 으아아!"

아무렇게나 눌러 둔 반주 소리에 섞여 고함과 울음소리가 노래방 안을 마구 헤집었다. 그러거나 말거나 공중에 매달린 미러볼은 현란한 조명을 뿜으며 돌아갔다. 울음소리가 거의 나오지 않을 때까지 우리는 서로 부둥켜안고 울었다. 목이 점점 잠기면서 나중에는 그르륵 하는 신음과 함께 수경이를 부르는 소리가 목 안에서만 맴돌았다.

수경아……. 미안해…….

수경아……. 미안해…….

인터뷰

"지금도 배 안에서 아이들이 핸드폰으로 찍은 영상은 차마 볼 수가 없어요."

혜림이와 함께 수경이네 집에 도착했을 때는 수경이 엄마가 낯선 여자와 이야기를 나누고 있는 중이었다. 수경이 집에는 평소에도 놀러 간 적이 없지만 수경이가 하늘나라로 간 뒤에는 더욱 발길이 떨어지지 않았다. 우리를 보면 수경이 엄마가 딸 생각에 더욱 힘들어할 것 같아서였다. 수경이 없는 집에 찾아간 건 이번이 세 번째였다. 수경이 유해를 추모공원에 안치한 직후에 '오죽하면' 멤버들이 다 같이 위로를 해 드리러 간 날, 수경이 엄마는 우리 손을 잡고 울음을 그치지 못했다. 그 모습에 괜히 죄송한 마음이 밀려왔다. 당신의 딸은 더 이상 이 세상에 없는데, 딸의 친구들은 멀쩡히 살아서 돌아다니는 게 얼마나 서러우실까 싶어, 뭐라고 준비한 말도 제대로 못 하고 나와야 했다. 다음에는 어버이날에 친구들과 함께 카네이션을 준비해서 갔다. 수경이 대신 부모님 가슴에 꽃 한 송이라도 달아드리고 싶은 마음에서였다. 하지만 그날 역시 눈물 속 만남이 되고 말았다. 그 후로는 미안하고 죄스러우면서도 왠지 모를 망설임이 발걸음을 가로막곤 했다. 너무 오래 잊고 있었다는 생각이 들었을 때 마침 수경이 엄마가 집으로 와 달라고 했다. 그래서 종례를 마치는 대로 혜림이와 함께 찾아온 길이었다.

"중학교 때부터 쟤들하고 친하게 지냈어요. 그때도 그렇고 고등학교 올라가서도 친구들과 어울려서 맨날 춤추러 다닌다고 야단도 많이 쳤죠. 니가 민지고, 니가 혜림이지? 너희 요즘도 모여서 춤추고 그러니?"

수경이 엄마는 우리들을 가리키며 웃었다. 예전보다는 표정이 편안해 보였다.

"아녜요. 고등학교 가면서 학교도 달라졌고, 이젠 공부도 해야 되잖아요."

혜림이의 말이었다.

"수경이가 우리 중에서 춤을 제일 잘 췄어요. 그래서 수경이는 고등학교 간 다음에도 댄스 동아리에 들어가서 활동했어요."

나는 수경이가 얼마나 춤을 좋아하는지, 얼마나 멋지게 추는지 말해 주고 싶었다. 수경이는 고등학교 올라가서 춤 실력이 훨씬 늘었다. 선배들과 함께 춤 연습을 하는 시간이 정말 즐겁다고 했다. 2학년이 되고 나서는 동아리 회장을 맡고 싶어 하기도 했다.

"그래. 그렇게라도 자기가 좋아하는 춤을 원 없이 추고 갔으면 좋으련만……."

수경이 엄마는 다시 한 번 우리 얼굴을 물끄러미 쳐다보았다.

수경이 엄마 맞은편에 앉은 사람은 인터뷰를 하러 온 작가라고 했다. 희생당한 아이들과 유가족들의 이야기를 듣고 그걸 글로 옮겨서 책을 낼 거라고 했다. 그러고 보니 작가와 수경이 엄마 사이에 핸드폰이 놓여 있었다. 녹음을 하는 중인 듯했다.

"수경이에 대해 너희가 해 줄 얘기들이 있을 것 같아서 불렀어. 수경이가 친구들하고 뭐 하고 놀고 어떻게 학교생활을 했는지는 내가 잘 모르잖아."

"아, 네."

나와 혜림이는 고개를 끄덕였다. 작가는 우리에게 반갑다는 인사를 건넨 다음 수경이 엄마와 하던 인터뷰를 이어 갔다.

"어머니, 그래서 수경 양이 마지막 메시지 보냈을 때 답을 제대로 못해서 그게 지금도 마음에 많이 걸리시겠어요."

"……그러니까 걔가 배가 기울어진다거나 그런 말을 안 했어요. 아휴~. 그냥 뜬금없이 엄마가 보고 싶다고 문자가 왔기에 마침 바쁘기도 했고, 나중에 답을 해야지, 하고 넘어간 거예요. 아마 내가 걱정할까 봐 그런 모양인데…… 그때 위험한 상황인 줄 알았다면 마지막 통화라도 했을 건데…… 지금 생각해도 내가 바보같이…… 아휴."

수경이 엄마는 중간중간 한숨을 쉬며 말을 이어 갔다.

"수경이가 밖에서는 까불까불한 모양인데 집에서는 안 그랬어요. 밑으로 남동생이 하나 있는데, 누나 노릇하느라고 동생을 귀찮아하지 않고 무척 잘 돌봐 줬어요. 설거지 같은 것도 자주 도와주고……. 속이 깊어서 힘들어도 힘들다는 표현 같은 것도 안 하고, 집에 친구들도 많이 데려오지 않았어요. 그래서 남편은 수경이가 너무 얌전해서 걱정이라고 할 정도였다니까요. 그러다가 걔가 중학교 2학년 땐가 남편이 기겁을 한 적이 있어요. 걔 아빠가 동료들하고 노래방을 갔는데, 옆방에서 쪼그만 여자애들이 노래를 부르며 놀고 있더래요. 화장실 갔다 오면서 슬쩍 봤는데, 탁자 위에 올라가서 춤을 추고 난리가 아니더래요. 뉘 집 딸들인지 참 부모 속깨나 썩이겠다 싶었다나요. 그런데 돌아서려다 뭔가 이상해서 다시 들여다보니 탁자 위에서 춤을 추고 있는 아이가 바로 우리 수경이라지 뭐예요. 집에 와서 그 얘길 하면서 허탈한 표정으로 그동안 자기 딸에게 속았다고 하는데, 그 모습이 얼마나 우습던지, 하하하."

수경이 엄마는 지금 생각해도 재미있는지 입을 크게 벌리고 웃었다.

"어머, 그랬군요. 부모님들 만나 보면 애들이 집하고 밖에서 하는 행동이 다르다는 얘길 많이 해요. 근데 어머니는 그런 수경이 모습을 알고 있었나요?"

"그야, 대충 눈치는 채고 있었죠. 아무래도 애 아빠보다는 나하고 얘기를 많이 하는 편이었으니까……."

"따님하고 있었던 일 중에 가장 많이 생각나고 아쉬운 게 있다면 어떤 건가요?"

작가는 미리 준비해 온 듯한 질문을 꺼냈다.

"글쎄요. 워낙 많은 게 생각나서…… 아쉽지 않은 게 어디 한두 가지겠어요? 모든 게 다 아쉽고 수경이한테 미안하죠. 강아지 한 마리 키우자고 그렇게 졸랐는데 안 들어준 거며, 컴퓨터 새것으로 못 바꿔 준 거까지…… 그래도 가장 생각나는 거라면 수경이가 수학여행 가기 이틀 전인가, 그때 함께 신발을 사러 갔었어요. 수경이가 신던 운동화가 오래돼서 새로 하나 사 주고 싶었거든요. 제주도 가서 신으라고……. 함께 손잡고 신발을 사러 가는데, 마침 벚꽃이 한창이었거든요. 세상이 온통 환한 것처럼 밝았어요. 수경이도 저절로 흥이 나는지 콧노래도 흥얼거리고……. 그러면서 수경이가 그랬어요. 엄마하고 손잡고 꽃길을 걸으니까 너무 좋다고, 내년에도 함께 걷자고……. 아휴~. 그렇게 약속을 했는데, 근데 다시는 걸을 수가 없잖아요. 벚꽃이 피면 뭐해요. 벌써부터 내년 봄을 어떻게 맞이할지 생각만 해도 눈물이 나려고 해서…… 아휴, 정말."

수경이 엄마는 눈물이 나려는지 손등으로 코를 막았다. 작가도 슬쩍 자신의 눈가를 훔쳤다.

"자꾸 질문하는 것도 죄송해요. 괜히 아픈 기억만 건드리는 것 같아서……. 그렇잖아도 따님 생각만 하면 눈물이 나실 텐데요."

"아뇨. 괜찮아요. 이렇게라도 자꾸 이야기를 해야죠. 그래야 잊어버리지 않잖아요. 우리 수경이 얘기를 들어 줄 사람만 있다면 누구라도 붙들고 얘기하고 싶어요. 지금도 수경이가 곁에 있는 것만 같은걸요. 수경이가 얼마나 착하고 예쁜 애였는지 알면 사람들이 우리 딸을 더 기억해 줄 거잖아요. 시간이 지나면서 점점 잊힐 텐데, 그게 두려울 때가 있어요. 우리만 기억하고 남들은 아무도 기억을 못 할까 봐……. 그래서 인터뷰하러 오신다고 했을 때도 그러시라고 한 거예요."

"그러셨군요. 평소에는 어떻게 생활하세요? 직장은 그만두셨죠?"

"둘 다 직장 생활 하느라고 애들 잘 건사하지 못한 게 늘 마음에 걸렸어요. 뭘 얼마나 잘살아 보겠다고 그렇게 아등바등했는지……. 그냥 집에서 살림만 하고 애들이나 잘 키울 걸 하는 후회를 수백 번도 더 했을 거예요. 그런데 수경이가 가고 난 다음에야 직장을 그만두게 됐네요. 처음에는 딸을 잃은 죄인이라는 마음에 아무것도 못 하겠더라고요. 매일 분향소에 가서 수경이 얼굴 보고 오는 게 일과였는데, 그게 또 사람 마음을 약하게 만들다 보니 이러면 안 되겠다 싶은 생각이 드는 거예요. 남편에게도 다시 직장에 다니라고 했어요. 남편도 사고 난 다음에 직장엘 못 나갔거든요. 낮에는 가족협의회 모임이다, 진상규명 활동이다 뭐다 해서 쫓아다니고, 그러다 밤에 집에 오면 이 사람이 술 없이는 잠을 못 자는 거예요. 이러다 사람이 죽겠다 싶어 억지로 다시 직장에 나가라고 그랬어요. 그래서 얼마 전부터 겨우 새 직장에 나가기 시작했는걸요. 어쨌든 또 살아야 하니까……. 휴."

수경이 엄마는 다시 한숨을 쉬고는 하던 말을 이어 갔다.

"저는 요즘 다른 엄마들하고 모여서 뜨개질도 하고 그래요. 유가족 엄마들이 한가하게 무슨 뜨개질이냐고 할 수도 있는데, 누가 그러더라고요. 손이나 몸을 쓰는 일을 하면 슬픔을 견디는 데 도움이 된다고요. 슬픔을 이긴다, 극복한다? 그런 말은 다 거짓이더라고요. 어떻게 극복할 수 있겠어요? 그냥 견디는 거지. 그래도 혼자 있는 것보다 다른 엄마들하고 있으면 왠지 마음이 편해지곤 해요. 같이 웃을 수도 있고요. 남들 앞에서는 마음 놓고 못 웃어도……. 뜨개질을 하다 보면 집중하게 되잖아요. 그게 마음을 다스리는 데 도움을 주더라고요. 그런 걸 마음 치유라고 하던데…… 그러다가도 밤중에 수경이 방에 들어가서 한참씩 울고 나올 때가 있어요……."

수경이 엄마는 잠시 말을 끊었다. 그러더니 안방으로 가서 노란색 실로 뜬 목도리와 찻잔 받침 몇 개를 들고 나왔다.

"이거 제가 뜬 건데, 선생님께 선물하고 싶어서요."

수경이 엄마는 작가의 무릎에 목도리를 올려놓았다.

"어머, 이렇게 귀한 선물을. 제가 이런 걸 받아도 되나요?"

작가는 목도리를 집어 들면서 수경이 엄마를 바라보았다.

"그럼요. 이렇게 시간 내서 찾아 주고…… 얘기도 들어 주시잖아요. 남들은 스웨터나 카디건 같은 것도 짜는데 저는 솜씨가 없어서……"

"솜씨가 없으시기는요. 목도리가 참 예쁘기만 한데요. 아무튼 염치없지만 고맙게 받을게요."

작가는 목도리를 이리저리 살펴보고 만져 보더니 자신의 목에 둘렀다.

"얘들아, 어때? 괜찮니?"

목도리를 한 작가가 우리를 향해 몸을 돌리며 물었다.

"아, 예. 잘 어울리는데요. 예뻐요."

혜림이가 살짝 웃으면서 말했다. 작가의 목을 감싼 노란 목도리가 따스하게 느껴졌다.

"이건 너희들 건데, 찻잔 받침이야. 이거밖에 줄 게 없네. 미안해."

수경이 엄마가 우리에게 찻잔 받침 하나씩을 내밀었다.

"저희도요? 고맙습니다."

우리는 찻잔 받침을 받아들고 물끄러미 바라보았다. 그때, 작가가 우리에게 질문을 던졌다.

"그런데 너희들이 보기에 수경이는 어떤 친구였니?"

"빽순이요!"

나도 모르게 엉뚱한 소리가 툭 튀어나왔다. 목도리와 찻잔 받침에 정신을 빼앗겨 분위기를 놓친 게 아닌가 싶어 당황스러운 마음에 얼른 손으로 입을 가렸다.

"빽순이? 하하. 그게 수경이 별명이었나 보구나."

작가는 재미있다는 듯이 웃으며 내 얼굴을 쳐다보았다.

"그, 그게……."

"수경이가 평소에 '빽!' 하고 소리를 잘 질렀거든요. 특히 남자애들한테 자주 그랬어요. 그래서 남자애들이 수경이를 함부로 못 했잖아요."

내가 우물쭈물하자 혜림이가 대신 설명을 했다.

"그러고 보니 수경이가 아주 씩씩한 친구였던 모양이구나."

"그럼요. 수경이는 의리파였어요. 남자애들이 못된 짓 하면 그냥 지나치질 않았거든요."

정말 그랬다. 한번은 그래서 경호하고 큰 싸움이 날 뻔하기도 했다. 경호가 장난을 친답시고 은지 머리에 칠판지우개를 털고 도망갔는데, 수경이가 경호를 잡아다가 사과를 하라며 을러댔다. 처음에는 장난인데 뭘 그러냐며 뻗대던 경호는 수경이의 거듭된 요구에 건성으로 미안하다는 말을 툭 던지고는 넘어가려고 했다. 하지만 수경이는 진심으로 사과하라며 몰아붙였다. 그러자 경호가 성질을 내며 네가 뭔데 그러냐는 식으로 나왔다. 마치 수경이를 한 대 칠 듯한 분위기였다. 그렇다고 순순히 물러설 수경이가 아니었고, 은지가 나서서 자기는 괜찮다며 말려야 할 상황까지 갔었다.

"너, 또 한 번 내 친구한테 그랬다간 죽을 줄 알아!"

그때 수경이가 내지르던 목소리가 생각나 저절로 "큭!" 소리를 내며 웃었다.

"애고, 수경이 그것이 집에서는 지 동생한테도 큰소리 한번 안 냈는데……."

수경이 엄마가 피식 웃었다. 수경이의 새로운 모습을 상상해 보는 모양이었다.

"수경이가 빽순이면 너희 별명은 뭐였니?"

작가가 무척 궁금하다는 얼굴로 나와 혜림이를 바라보았다.

"저는 삐순이고요. 잘 삐친다고 해서요. 그리고 얘는 곰순이요. 곰돌이 인형을 좋아하거든요. 좀 미련하기도 하고……. 하하."

"야, 내가 왜 미련해?"

혜림이 말에 발끈했다. 그래 놓고는 창피한 생각에 얼굴이 빨개졌다.

"하하, 재미있네. 빽순이, 삐순이, 곰순이…… 서로 잘 어울린다."

작가는 생글생글 웃어 가며 나와 혜림이를 번갈아 쳐다봤다.

"너희들끼리 모이면 주로 어디서 뭐 하고 놀았니?"

"그냥 떡볶이도 사 먹고, 농놀에 몰려가서 놀기도 하고……."

"농놀? 그게 뭐지?"

작가는 처음 들어 보는 말이라는 듯 고개를 갸웃거렸다. 수경이 엄마도 호기심 어린 눈빛을 했다.

"아, 농놀요? 그건 우리끼리 줄여서 부르는 말인데요. 농심슈퍼 앞에 있는 놀이터를 말하는 거예요. 농심슈퍼의 농하고 놀이터의 놀. 헤헤. 춤 연습을 할 때는 올기 앞에 가서 많이 했는데, 올기는 올림픽 기념관을 말하는 거구요."

내 설명에 두 사람은 '아하, 그렇구나' 하는 표정을 지었다.

"그러니까 깜놀이나 뭐 그런 말하고 같은 거구나. 하여간 요즘 애들 말은 못 알아듣겠다니까……."

"어머, 어머니도 깜놀은 아시네요?"

"그럼요. 그 정도야 알죠. 작가님 혹시 깜놀하셨나요?"

"예, 깜놀했어요. 하하하."

두 사람은 서로 즐거운 표정을 지었다. 조금 전만 해도 무겁게 가라앉아 있던 분위기가 많이 풀리고 있었다.

"역시 애들을 만나니까 분위기가 달라지네. 너희들 앞으로는 자주 놀러 와라."

수경이 엄마가 웃음 띤 얼굴로 우리들을 보며 말했다.

"예. 자주 못 와서 죄송해요. 앞으로는 자주 올게요."

혜림이의 말에

"그래, 가끔 이렇게 와서 수경이 얘기도 들려주고…… 그러면 좋겠다."

수경이 엄마가 다시 한 번 부탁을 했다.

"지난번에 너희들끼리 수경이한테 갔다 왔지? 거기 붙여 놓은 너희들 편지도 읽어 봤어. 잊지 않고 찾아 줘서 고맙다. 수경이도 하늘나라에서 고마워할 거야."

"당연히 갔다 와야 하는 거였는데요. 수경이한테 미움받으면 안 되잖아요. 수경이가 우리한테 빽 하고 소리 지르면 어떡해요. 하하."

혜림이가 웃으며 말을 받았다. 편하게 이야기를 나누다 보니 마치 아무 일 없이 그냥 친구 집에 놀러 온 기분이 들었다.

"괜찮다면……, 너희 핸드폰에 수경이랑 같이 찍은 사진들이 있을 텐데, 그것 좀 보여 줄 수 있을까?"

작가가 우리를 바라보며 조심스럽게 물었다. 나와 혜림이는 서로 핸드폰을 꺼내 수경이 사진을 모아 놓은 폴더를 열었다.

"이건 홍대 앞에 놀러 가서 함께 스티커 사진 찍은 거고요. 이건 올기에서 춤 연습할 때 찍은 사진, 그리고 이건 교실에서 청소할 때 찍은 사진이에요. 재밌죠?"

체육복 바지를 걷어 올린 채 빗자루와 쓰레받기를 들고 우스꽝스러운 포즈를 취한 사진을 보며 수경이 엄마가 "어휴, 얘 좀 봐. 창피한 줄도 모르고." 하고 말했다. 그러면서도 얼굴에 옅게 감도는 웃음을 숨기지 않았다.

"이게 농놀에서 찍은 사진이에요. 이건 이모분식에서 떡볶이 먹는 사진."

혜림이가 보여 준 사진 속에서 나와 수경이는 서로의 입에다 떡볶이를 넣어 주고 있었다. 사진을 보자 입가에 떡볶이 양념을 묻혀 가며 수다를 떨던 그 시절이 그리워졌다.

그 밖에도 화단에서 꽃나무를 배경으로 찍은 사진이며, 노래방에서 마이크를 잡고 있는 사진, 서로 생일 파티를 해 주던 사진들까지 핸드폰 안에서 수경이가 여러 모습을 한 채 등장했다.

"그 사진들, 나한테 보내 줄 수 있니?"

사진을 다 보고 난 다음 수경이 엄마가 우리에게 물었다. 나와 혜림이는 그렇게 하겠다고 고개를 끄덕였다. 그 뒤에도 이런저런 얘기를 나누다 작가가 일어나는 시간에 우리도 같이 일어났다.

"이만 가 봐야겠네요. 다음에 아버님하고 수경이 동생 있을 때 또 한 번 올게요. 오늘 너무 힘들게 해 드린 것 같아요."

작가가 수경이 엄마의 손을 잡고 말했다.

"힘들기는요. 바쁜데 여기까지 찾아 주셔서 고맙죠. 이렇게라도 수경이 얘기를 하고 나니까 오히려 기운이 나네요. 참, 수경이 방도 한번 보고 가세요. 너희도 같이 볼래?"

가방을 메고 일어서던 우리는 작가와 함께 수경이가 쓰던 방으로 향했다. 방문을 열고 들어서며 수경이 엄마가 말했다.

"수경이 있을 때 모습 그대로예요. 무엇 하나 치울 수가 없더라고요. 언제라도 수경이가 다시 돌아올 것만 같아서……."

작가의 뒤를 따라 혜림이와 함께 방으로 들어섰다. 수경이 방에 들어오는 건 이번이 처음이었다. 다른 친구들 집에는 여러 번 가 봤는데, 수경이는 자기 집에 가서 놀자는 얘기를 한 번도 안 했다. 친구들이 가 보자고 졸랐을 때 수경이는 이렇게 말했다.

"초등학교 때 친구들을 데리고 와서 논 적이 있는데, 침대에 올라가서 서로 베개싸움 하다가 한 명이 떨어져서 크게 다쳤어. 친구 얼굴에서 피가 뚝뚝 떨어지는 걸 보고 얼마나 무서웠는지 몰라. 그때 마침 엄마도 없었거든. 겨우 걔네 집에 전화해서 병원에 데려갔어. 그다음부터는 친구들을 부르지 않게 되더라. 치료비 때문에 친구 부모님이 찾아와서 크게 싸웠거든. 성형 수술비까지 달라고 해서. 그날 엄마 아빠한테 얼마나 죄송했는지 몰라."

수경이가 쓰던 책상에는 컴퓨터 모니터와 자판이 있고, 한 옆에는 로션이나 틴트처럼 간단한 화장품을 넣어 둔 상자와 필통 같은 것들이 보였다. 책꽂이에는 교과서와 참고서가 그대로 꽂혀 있었고, 그 위로 사진이 몇 장 붙어 있었다. 가족사진 속에서 수경이네 식구들은 우리도 한때는 이렇게 행복한 시절도 있었노라고 말하는 것 같았다. 책상 맞은편 침대 위에는 이불을 깐 다음 위쪽에 베개를 반듯이 놓아두었다.

수경이 엄마는 책상 앞 의자에 걸쳐 두었던 교복 재킷을 가만히 어루만졌다. 마치 수경이의 체온을 다시금 느껴 보려는 듯이.

“이 방에 들어서면 수경이 목소리가 들리는 것 같아요. 아침에 깨우러 들어가면 일어나기 싫어서 ‘엄마, 조금만, 조금만 더’ 그러면서 이불 속으로 파고들었거든요. 아침잠이 참 많은 애였는데, 하늘나라에선 늦잠을 자도 뭐라고 할 사람이 없겠죠? 아휴~.”

다시금 한숨을 내쉬며 말하는 수경이 엄마의 목소리에 쓸쓸함이 묻어났다.

수경이네 집에서 나와 혜림이하고도 헤어진 다음 핸드폰에 있는 수경이 사진을 다시 꺼내 보았다. 사진을 한 장 한 장 넘기며 수경이 엄마에게 어떤 사진을 보내 줄까 생각하다 문득 수경이에게 카톡을 보내고 싶어졌다. 수경이와 나눈 시시콜콜한 수다가 그대로 남아 있는 대화방. 그동안은 작은 동그라미 안에 담긴 수경이 얼굴을 보는 것만으로도 울컥 뜨거운 뭔가가 치밀어 올라 애써 외면해 왔다. 오늘만큼은, 수경이에게 말을 건네고 싶었다.

수경아.
너네 집 다녀오는 길인데. 너네 엄마도 뵙고 왔어…….
너 지금 있는 곳은 어때?
나는 너 보고 싶은데…… 너도 내 생각 하니?

손가락이 핸드폰 자판을 오가는 동안 바보같이 눈물 한 줄기가 비어져 나왔다.

제3부

풍선덩굴의 비밀

풍선덩굴

믹서기에게서 만나자고 연락이 온 건 배드민턴을 친 뒤로 보름 정도 지나고 나서였다. 카톡으로 만나자는 연락이 왔을 때, 순간적으로 '뭐지?' 하는 생각을 했다. 그래서 시큰둥한 반응을 보였더니, 배드민턴 치던 날 나중에 다시 보자는 약속을 하지 않았냐고 했다. 다시 한 번 '뭐래! 그건 그냥 해 본 소리 아니었어?' 하면서 잠시 짜증이 일기도 했으나, 마음을 고쳐 먹고 나가기로 했다. 어쨌거나 2학기 중간고사도 끝났고, 마침 특별한 약속도 없는 토요일 오후였기 때문이리라.

10월도 중순을 넘어서고 있었고, 가을답게 날씨도 쾌청했다. 믹서기와 만나기로 한 공원까지 가는 동안 이어폰으로 음악을 들으며 최대한 흥겨운 기분을 유지하려고 했다.

공원에는 믹서기가 먼저 와서 기다리고 있었다.

"민지야, 여기야!"

믹서기가 의자에서 일어나며 반가운 손짓을 보냈다. 바로 그 자리였다. 전에 만나서 함께 앉았던 긴 나무 의자.

"잘 있었니?"

"나야 잘 있었지. 근데 무슨 좋은 일이라도 있냐?"

나는 자리에 앉으며 믹서기의 표정을 살폈다. 믹서기는 덧니를 살짝 드러내며 싱긋 웃었다.

"좋은 일은 뭐, 그냥…… 날이 좋잖아. 갑자기 지난번에 다시 보자고 한 게 생각나서."

"그게 다야? 설마 오늘도 또 배드민턴 치자고 불러낸 건 아니지?"

"그러면 안 돼? 그때 보니까 너 잘 치던데……."

"어이구야! 됐다, 됐어. 배드민턴 치다 정들겠다."

"히힛! 그럴까 봐 배드민턴 채는 안 들고 왔어. 그냥 민지 너랑 얘기나 하려고."

"그래? 그럼 해 봐."

"뭘?"

"그냥 얘기나 하려고 불렀다며? 그러니까 얘기해 보라고."

내 말투가 딱딱해서 그랬는지 믹서기 얼굴에 당황한 표정이 지나갔다. 그런 모습이 우스워서 믹서기 어깨를 탁 쳤다.

"야! 바보같이……. 장난이야, 장난. 하여튼 날도 좋은데, 이렇게 같이 앉아 있으니까 마치 데이트하는 것 같다. 그렇지 않니?"

하면서 믹서기 얼굴 가까이로 내 얼굴을 들이밀었다. 순간 믹서기는 더욱 당황스러운 표정을 지었다. 왜 이렇게 놀려 주고 싶은 걸까? 나도 참 못됐다는 생각을 하며 속에서 터져 나오려고 하는 웃음을 간신히 참았다.

"어, 그러니까…… 그렇긴 한데……. 참, 너 아까 걸어오는데 보니까 음악 듣고 있는 거 같았는데, 무슨 노래니?"

믹서기가 어색한 듯 말머리를 돌렸다.

"응. 너도 한번 들어 볼래? 내가 샤이니 광팬이잖아. 샤이니 노래 들으면서 왔지."

나는 이어폰을 핸드폰에 연결한 다음 한쪽을 믹서기 귀에 걸어 주었다.

"샤이니 멤버 종현이 솔로 곡으로 부른 '혜야'라는 노래야. 내가 제일 좋아하는 노래! 어때, 괜찮니?"

"으응, 난 처음 들어 보는 노랜데……. 괜찮은 거 같다."

"괜찮은 거 같다? 그게 뭐냐? 괜찮으면 괜찮은 거고 아니면 아닌 거지. 흥!"

"어어? 아냐, 괜찮아, 좋아. 정말이야."

"짜식! 진작에 그럴 것이지. 감히 종현 님 노래를 몰라보고, 흐흐."

내가 다시 한 번 믹서기 어깨를 치자 움찔하는 게 느껴졌다. 그런 믹서기 모습이 귀엽다는 생각을 했다. 물론 종현 님의 살인미소에 비할 바 아니지만.

"그다음에 이 노래도 들어 봐. 이번에는 '방백'이라는 노래야."

믹서기와 이어폰을 한쪽씩 나눠 낀 채 노래가 나오는 대로 따라서 흥얼거렸다.

밤새 너의 얼굴을 그려 보다가
제멋대로 한 상상에 민망해지곤 해.
어느새 내 안에서 네가 커져 버렸어.
넌 모르겠지만
널 마주하는 날이 많아질수록
억지로 싸맨 내 감정이 들킬까 봐 겁이 나.
사실 행복한 너의 얼굴이
난 가장 힘들어.
……

"아, 생각났다. 방백은 국어 시간에 희곡 배울 때 나왔던 용어잖아. 주인공이 관객만 들으라고 혼자 중얼거리는 말."

믹서기가 이어폰을 낀 채 말했다.

"어쭈, 너 제법이다. 그래, 그 방백이야. 그래서 더 슬픈 거지. 상대방에게 직접 말을 못 하니까 얼마나 가슴이 아리겠니? 그런 마음을 표현한 노래야."

나는 눈을 감고 노래 속으로 빠져들어 갔다. 믹서기도 더 이상 아무 말도 하지 않고 노래만 들었다. 노래가 끝나고 난 다음에도 믹서기는 별로 말이 없었다. 뭘 생각하는 건지 마는 건지도 모르게 멍한 표정으로 앞만 바라보고 있었다.

"야, 믹서기! 사람 불러 놓고 이럴 거야! 내가 너한테 노래나 들려주려고 나온 거 같잖아."

"아, 그런가? 미안! 그러려고 그런 게 아닌데……."

"그럼 뭐야? 할 말 있으면 해 봐."

잠시 뾰로통한 내 얼굴을 바라보던 믹서기가 갑자기 자리에서 일어났다.

"그럼 민지야, 잠깐 이쪽으로 와 볼래?"

그러고는 성큼성큼 걸어서 공원의 경계를 이루기 위해 철망으로 펜스를 두른 곳을 향해 갔다. 줄레줄레 따라간 나를 뒤에 세워 놓고 믹서기는 펜스를 휘감아 올라간 풀 줄기 사이에서 무언가를 손으로 집더니 뚝 끊어 냈다.

"이게 뭔지 아니?"

돌아선 믹서기의 손바닥 위에는 꽈리 같기도 하고 어찌 보면 풍선 같기도 한 작은 주머니처럼 생긴 것이 놓여 있었다.

"어머, 예쁘다. 여기 이런 게 달려 있었네. 난 한 번도 못 본 건데……."

"재밌게 생겼지? 이게 뭔지 혹시 이름을 아니?"

"아니, 한 번도 본 적 없다니까."

"응, 이건 풍선덩굴이라고 하는 거야. 정말 풍선처럼 생겼지? 원래부터 우리나라에서 자라던 건 아니고 멀리 아메리카 대륙에서 건너온 거래."

"그렇구나. 풍선덩굴…… 그러고 보니 넌 식물에 대해 아는 게 참 많아."

믹서기의 설명을 들으며 중학교 때 화단 앞에서 메꽃 이름을 알려 주던 게 생각났다. 그때도 남자애가 식물에 관심을 가지고 있는 게 특이하다 싶었는데, 이제 보니 단순한 호기심을 넘어선 차원이라는 생각이 들었다.

"다시 저쪽으로 가자."

믹서기는 풍선덩굴 열매를 두어 개 더 끊어 쥐고는 좀 전에 앉았던 의자로 향했다.

"자, 앉아. 내가 더 재미있는 거 보여 줄게."

마치 흥미진진한 볼거리를 준비해 놓았다는 듯이 믹서기가 눈빛을 빛내며 말했다. 예전에 교실에서 함께 생활할 때는 잘 볼 수 없었던 표정이었다.

"이 풍선덩굴에는 놀라운 비밀이 숨겨져 있어. 무슨 비밀인지 한번 알아맞혀 볼래?"

"비밀? 이걸 하늘에다 띄우면 풍선처럼 날아가기라도 하니?"

"아니, 그런 건 아니고……."

"그럼 뭔데? 음…… 그 옛날 문익점 할아버지처럼 누가 몰래 씨앗을 아메리카에서 훔쳐 왔다거나 하는 그런 거?"

"아니 그런 것도 아니고, 내가 말한 비밀은 그러니까…… 일단 이 풍선덩굴 껍질을 까 봐."

"껍질을? 그럼 풍선을 터뜨리라는 얘기네. 흣!"

"그런 셈이 되나? 아무튼 껍질을 벗기면 거기서 씨앗이 나올 거야."

"그렇겠지. 씨앗이 없는 열매는 없을 테니까."

나는 조심스레 풍선덩굴 열매의 얇은 막을 벗겨 냈다. 그러자 안에서 정말로 작고 동글동글한 씨앗 몇 개가 손바닥 안으로 떨어져 내렸다. 처음에는 무심코 씨앗을 손바닥에 받았는데, 씨앗을 굴려 가며 살펴보던 내 눈동자가 한순간 휙 커졌다.

"와, 여기 하트 모양이 있네!"

"어때, 정말 신기하지?"

까만 씨앗마다 하얀 하트 모양이 하나씩 박혀 있었다. 마치 일부러 새긴 듯 선명한 하트 모양을 품고 있는 풍선덩굴 씨앗을 들여다보고 또 들여다보았다.

"야, 정말 신기하다. 어쩜 이렇게 생겼니? 하느님이 일부러 이렇게 만드셨나? 그래도 이건 정말 대박인데…… 어쩌면 요렇게 깜찍한 걸 몰래 숨겨 놓았을까? 너무 귀엽고 예쁘다."

"사람의 심장도 겉으로는 안 보이잖아. 가슴 깊이 숨겨져 있어서……. 식물의 세계는 정말이지 알면 알수록 신기해."

무엇엔가 깊이 빠진 듯한 믹서기의 목소리였다.

"넌 언제부터 이렇게 식물에 관심이 많았니?"

"딱히 언제부터라고 할 수는 없는데, 그냥 왠지 꽃이나 나무를 보고 있으면 마음이 편해지더라. 제자리에 움직이지 않고 가만히 있으면서 누가 자기를 알아보고 찾아와 주기를 기다리는 듯한 모습도 마음에 들고."

"제자리에 가만히 있는 건 돌부처도 마찬가지잖아."

"돌부처? 듣고 보니 그러네. 돌부처도 나쁘진 않지. 하지만 돌부처는 생명체가 아니라서 키울 수가 없잖아. 난 살아 있으면서 자라나는 게 좋아. 그것도 동물보다는 식물이……."

"그래서 너 중학교 때 그렇게 텃밭 동아리 활동을 열심히 했구나?"

"그런 셈이야. 그때 정말 재미있고 좋았는데, 고등학교 올라오니까 그런 동아리가 없어서 좀 아쉬워."

"너 같은 애는 시골에서 태어났어야 하는데, 어쩌다 논도

밭도 없는 이런 도시에 와서 살게 됐냐, 쯧쯧."

나는 일부러 불쌍하다는 듯한 투로 말했다. 그러다 혹시 비꼬는 말로 들릴까 봐 슬쩍 말을 돌렸다.

"아무튼 너 때문에 풍선덩굴이란 게 있다는 걸 알게 되고, 이렇게 깜찍한 하트도 만나게 해 줘서 고맙다."

"고맙기는……, 네가 나와 줘서 더 고맙지."

"그렇지? 내가 아니면 누가 너하고 이런 황금 같은 토요일 오후에 놀아 주겠냐? 흐흐."

내 말에 믹서기가 겸연쩍은 듯 머리를 긁적였다.

"이 하트 씨앗들은 내가 가져가도 되지?"

"그럼! 풍선덩굴은 저기 많이 달려 있는데 뭘. 주인이 있는 것도 아니고."

"그래도 예쁘다고 너도나도 다 따 가면 어떡하니?"

"아냐, 다른 사람들은 관심 없어. 이 공원에 드나드는 사람들 중에 풍선덩굴을 아는 사람도 별로 없고. 모르면 있어도 안 보이는 법이잖아."

"그렇긴 하지. 근데 믹서기 너 오늘 말하는 게 좀 멋있어 보인다. 모르면 있어도 안 보이는 법이다? 누가 그랬던 거 같은데, 아는 만큼 보이고 보이는 만큼 사랑한다고 했던가? 아무튼 그런 유명한 말이 있었잖아."

"응, 나도 들어 봤어. 그래서 나도 모르는 꽃이나 나무를 만나면 어떻게든 이름을 알아내려고 노력하는 편이야."

"어떻게?"

"식물도감 같은 걸 보면 되지. 내가 도서실에서 식물도감을 가장 많이 빌려 봤을걸?"

"그렇겠지. 너 아니면 누가 그런 책을 빌려 보겠니. 아무튼 넌 좀 별종이다."

"별종? 내가 그런가? 히~."

믹서기는 이번에도 머리를 긁적이며 말했다.

"그래서 난 대학에 가게 되면 원예과 같은 곳으로 가려고 해."

"원예과? 꽃이나 화분 기르는 거?"

"응, 네 말대로 꽃이나 나무 같은 식물을 기르고 가꾸는 걸 배우는 건데, 나중에 나만의 화원을 차리는 게 꿈이야."

"나만의 화원? 오~올, 그거 멋지겠다."

나도 모르게 미란이의 말투가 튀어나왔다. 믹서기를 바라보며 문득 부럽다는 생각을 했다. 자신이 좋아하는 게 있고, 그걸 미래의 진로로 확실히 정해 두고 있다는 건 그만큼 자기 주관이 뚜렷하다는 얘기다. 아직 진로는커녕 무엇을 잘하고 좋아하는지도 모르는 나에 비하면 훨씬 앞서 가고 있는 게 분명했다.

"나중에 나만의 화원을 차리게 되면 민지 너도 초대할게."

"정말이지? 너 약속 지켜야 된다. 그런데 참, 화원 이름도 정해야 할 텐데, 혹시 정해 놓은 거 있니?"

"아직 거기까지는…… 먼 훗날 일인데 뭘."

"하긴. 그래도 멋진 이름이 있으면 좋지. 근데 믹서기네 화원, 이러면 너무 웃기겠지? 하하하!"

"야, 너까지 그러기야!"

믹서기가 얼굴을 붉히며 소리쳤다.

"아, 미안! 미안! 그냥 해 본 소리야. 하하."

큰 기대를 하고 나온 건 아닌데, 막상 믹서기와 만나서 얘길 주고받다 보니 그런대로 즐겁고 유쾌했다. 따분하게 집에서 뒹굴뒹굴 하느니 밖으로 나오길 잘했다는 생각도 들었다. 하지만 그런 기분은 경호가 나타나기 전까지만이었다.

"야, 니들 거기서 뭐하냐? 둘이 데이트하냐?"

갑자기 들려온 소리에 고개를 돌려 보니 저 앞에서 자전거를 탄 경호가 우리를 쳐다보고 있었다. 자전거를 잠시 세우고 안장에 올라탄 채로 경호가 이죽이듯 말했다.

"그럼 좋은데…… 믹서기 파이팅!"

아니 뭐 저런 게 다 있어. 오랜만에 만나서 반갑다는 말도 없이. 나는 화가 나서 경호를 쏘아보며 소리쳤다.

"야, 데이트를 하든 말든 무슨 상관이야!"

"아니, 보기 좋아서 한 말이야. 내가 무슨 나쁜 말 했냐? 둘이 좋은 시간 보내라고."

경호는 이번에도 히죽히죽 웃으면서 말을 했다.

“왜, 부럽냐?”

“그래 그래, 부러워서 그런다. 그러니까 부러운 오빠는 그만 간다. 안녕!”

경호는 땅에 붙이고 있던 왼쪽 발을 들어 페달을 밟으며 쌩하고 가던 길을 갔다.

“야, 가다가 팍 고꾸라져라!”

나는 화가 풀리지 않아서 사라져 가는 경호 등 뒤에 대고 악담을 퍼부었다.

“으휴, 뭐 저딴 게 다 나타나서 기분 잡치게 하고 있어. 경호 저 자식은 어째 중학교 때랑 달라진 게 하나도 없냐?”

내가 툴툴거리는 동안에도 믹서기는 아무 말이 없었다.

“너는 화도 나지 않냐? 한마디도 안 하게.”

“경호, 걔는 원래 그런 애잖아. 그러니까…….”

“그러니까 뭐?”

“그러니까 착한 우리가 참자는 거지 뭐. 헤헤.”

우물쭈물하던 믹서기가 어색한 웃음을 흘리며 말했다.

“참, 경호가 너하고 같은 학교지? 너도 참 불쌍하다. 하필이면 경호하고 같은 학교에 가서, 쯧쯧.”

“불쌍하기는…… 같은 학교라도 반이 달라서 마주칠 일도 별로 없는데 뭘. 그리고 경호도 그렇게 나쁜 애는 아냐.”

"그럼 좋은 애냐? 좋은 애냐고?"

이야기를 하다 보니 슬그머니 열이 올라서 다그치듯이 말했다.

"좋고 나쁘고가 어딨어. 그냥 다 같은 친구지."

"어이구, 공자님 나셨네. 저렇게 놀리고 가는데 한마디도 못 하면서."

"미안해. 괜히 나 때문에……."

"어렵쇼. 니가 왜 미안해? 경호가 미안해해야지. 아무튼 기분 나빠서 난 이만 갈란다."

나는 자리에서 벌떡 일어났다. 그러자 믹서기도 엉거주춤 따라 일어섰다.

"그냥 가려고?"

"그럼 그냥 가지. 왜? 할 말 있니? 할 말 있으면 해. 가기 전에."

"아니, 그냥……."

"그럼 됐다. 나는 갈 테니까 너는 여기서 혼자 더 놀든지……."

"자, 잠깐만."

"할 얘기 있으면 하라니까."

"아, 아냐. 오늘 나와 줘서 고맙고 즐거웠어."

"어, 그래. 나도 재밌었어. 잘 지내라."

"다음에 또……."

"됐거든!"

순간 무안해하는 듯한 믹서기의 표정이 눈에 들어왔으나 그냥 무시하고 믹서기를 향해 손을 한 번 흔들어 준 다음 곧장 돌아섰다. 그러고는 집 쪽으로 방향을 잡고 걸었다. 걸으면서 주머니에서 핸드폰에 달린 이어폰을 꺼내 귀에 꽂았다. 얼마 후 종현의 '혜야'가 이어폰 줄을 타고 귓속으로 흐르기 시작했다. 그걸로 충분했다. 믹서기도 경호도 종현의 멜로디에 밀려 조금씩 멀어지고 있었다.

그림자 놀이

미술선생님이 만나고 싶다는 연락을 해 왔다. 중앙역 앞에 나가는 일이 뜸해졌을 때였다. 처음에는 매일 나가고 싶었지만 생각처럼 쉽지는 않았다. 그래서 조금 지난 뒤부터는 이삼일에 한 번, 그리고 일주일에 한 번 나가는 식으로 간격이 길어지고 있었다.

미술선생님은 나를 만나자 근처 카페로 데려갔다. 나에게 따로 할 말이 있다고 했다.

"어제 민석이 아버지를 만나고 왔어."

간단한 안부 끝에 믹서기 아버지 이야기가 나왔다.

"민석이가 아버지하고 둘이만 살았거든."

미술선생님의 말투와 표정은 심각해 보였다. 하지만 왜 나한테 믹서기 얘기를 꺼내는지 의아했다. 믹서기가 텃밭 동아리 활동을 하면서 미술선생님과 친하게 지냈다는 건 누구나 알고 있는 일이지만, 왜 하필 나를 불러내서 믹서기 얘기를 하는 걸까? 궁금증을 참으며 다음 말이 떨어지길 기다렸다.

"민석이 아버지는 유가족 모임에도 잘 나오지 않았대. 민석이를 잃고 난 다음에 매일 술만 드시고…… 그러다가 술에 취해 길거리에서 쓰러져 자는 경우도 있었다더라. 어제 경호 아버지한테 그런 얘길 들었어. 경호하고 민석이가 2학년 올라가서 같은 반이 됐잖아. 사고 난 뒤에 반별로 부모님들 모임이 만들어졌는데, 경호 아버지가 민석이 아버지를 가끔 찾아가고 그랬나 봐. 모임에도 나오고 그러라고……."

미술선생님은 잠시 말을 멈추고 차를 한 모금 마신 뒤 말을 이어 갔다.

"민석이 아버지가 막일을 다니고 계셨나 봐. 그런 자격지심 같은 것 때문에 그랬는지 유가족 부모님들하고도 잘 어울리지 않으려고 하고, 또 다른 집은 서로 남편이나 아내가 있고 다른 자식들도 있을 수가 있으니까 조금이라도 기댈 데가 있잖아. 그리고 남은 가족들을 챙겨야 한다는 책임감 같은 것도 있고. 그런데 민석이 아버지한테는 아무것도 없는 거야. 민석이가 가고 나서 모든 게 사라진 거지."

얘기를 듣는 동안 아무 말도 할 수 없었다. 믹서기에게 형

제가 없다는 얘기는 들어서 알았지만 아버지하고 둘이만 살았다는 사실은 그동안 알지 못했다. 왠지 미안한 마음이 들면서 가슴 한쪽이 답답하게 조여드는 듯했다.

"그래서 다른 유가족들이 민석이 아버지가 너무 걱정이 되나 봐. 저러다 큰일이라도 나면 어쩌나 싶은데 그렇다고 매일 찾아가서 살펴볼 수도 없고……. 그저께 유가족들 간담회가 있어서 갔다가 경호 아버지를 만나서 들은 얘기야. 그래서 어제 내가 학교 끝나고 민석이네 집에 갔던 거지. 안산대책위원회에서 희생자 유가족들을 도와주시는 목사님 한 분하고 같이. 민석이 아버지가 마침 집에 계셨는데, 다행히 술은 드시지 않았더라고……."

미술선생님은 또다시 차 한 모금을 마셨다. 나는 카페라테가 담긴 잔을 들어 올리다가 그냥 내려놓았다.

"얼굴이 까칠하신 게 몸도 그렇지만 마음의 병이 깊으신 것 같아서 마주하고 있는 동안 눈물이 나오려고 해서 혼났어. 민석이 방에 들어가서 이야기를 나누고 왔는데, 찾아와 줘서 고맙다고 하시더라. 그러면서 민석이 사진을 모아 놓은 앨범도 보여 주고, 민석이만 생각하면 너무 미안해서 말을 못하겠다면서도 민석이 어렸을 적 얘기도 들려주셨어. 민석이가 어릴 적에 어머니가 돌아가시는 바람에 혼자서 키우느라고 무척 힘드셨던 모양이야. 민석이 혼자 놔두고 일을 다니셔야 하니까 장난감 같은 걸 많이 사 주셨다는데, 민석이가 어릴 때 가지고 놀던 장난감을 안 버리고 다 모아 놓으셨더라고. 그렇게 키운 애가 갑자기 하늘나라로 갔으니……. 살아가야 할 의미가 하나도 없다면서 허공을 바라보시는데, 차마 뭐라고 위로를 해 드려야 할지 모르겠더라. 그냥 힘내시라고, 일도 다니고 건강도 잘 챙기시라고, 그래야 하늘나라에 있는 민석이도 편할 거라고 했는데, 달리 도와 드릴 방법이 없다는 게 너무 안타까웠어. 같이 간 목사님이 일단 민석이 아버지 일자리를 알아봐 준다고 하셨는데……."

"그런데 선생님."

"응, 왜?"

"믹서기, 아니 민석이 아버지가 불쌍하시기는 한데, 그런 얘기를 왜 저에게……."

나는 참고 있던 궁금증을 꺼냈다. 선생님 말이 자꾸 길어지는 것 같아서 더 이상 듣고만 있을 수가 없었다.

"아, 그건 말이지."

미술선생님은 내 얼굴을 빤히 건너다보았다. 그렇게 한참 동안, 무언가 망설이는 표정을 짓더니 천천히 입을 열었다.

"너…… 혹시 민석이가 너 좋아하고 있었다는 거 알고 있었니?"

"예? 믹서기가요? 저를요?"

난데없는 이야기에 깜짝 놀라서 나도 모르게 목소리가 커졌다. 그러면서 다른 사람들이 들었을까 봐 얼른 주위를 둘러보았다. 다행히 우리를 주목하는 시선은 느껴지지 않았다.

“민석이가 수학여행 가기 전에 나를 찾아온 적이 있었어. 고등학교 가서도 텃밭 도와준다고 자주 왔었거든. 그날도 나하고 같이 텃밭에 물을 주고 나서 내가 음료수를 사 줬어. 그때 민석이가 얘기하더라. 수학여행 갔다 와서 너에게 고백을 하고 싶다고.”

미술선생님은 나를 향해 정말 몰랐느냐는 듯한 표정을 지었다. 짚이는 것들이 없는 건 아니었지만 설마 믹서기가 그렇게까지 생각하고 있는 줄은 몰랐다. 퍼즐 맞추기를 하듯이 지난 일들을 떠올려보기 시작했다. 그러면서 생각하니 그동안 믹서기와 있었던 일들이 대략 이해가 되기도 했다.

“조금 이상한 느낌을 받은 적이 있긴 하지만, 그래도 정말 몰랐어요. 믹서기가 나를 싫어하지는 않는구나 하는 정도로만 알고 있었죠. 고백까지 하려고 했다는 건 정말 뜻밖이에요.”

“민석이가 너희 집 앞에도 몇 번 갔다 왔다고 그러던걸.”

“예? 우리 집에요? 어쩜…….”

이야기를 들을수록 점점 더 놀라움이 커졌다.

“너희 집 앞까지는 갔지만 막상 불러낼 용기는 없었나 봐.”

내가 놀라서 손으로 입을 막고 있는 동안에도 미술선생님은 고백을 하지 못한 믹서기가 안타까운 모양이었다.

"그런데 선생님, 그런 얘기를 왜 이제 하시는 거예요?"

"처음에는 너한테 얘기를 안 하려고 했어. 나만 알고 있으려고 했지. 자칫하면 네 마음에 괜히 부담만 줄까 봐."

"그런데 지금은 왜요?"

"민석이 아버지를 만나고 와서 생각하니까 너에게 얘기해 주는 게 좋겠다는 마음이 들더라. 가까이 지낸 친구도 많지 않았는데 민석이가 누굴 좋아했다는 사실을 아무도 알아주지 않으면 하늘나라에서 너무 외로울 것 같기도 했고……. 내 얘기 듣고 충격받았니?"

미술선생님이 내 눈치를 살폈다. 뭐라고 대답을 해야 하나? 언뜻 갈피가 잡히지 않았다.

"충격보다…… 처음 듣는 얘기라 어떻게 받아들여야 할지 제 마음을 잘 모르겠어요."

"그럴 거야. 나도 너한테 얘기를 해 줄까 말까 많이 고민했으니까. 혹시라도 마음에 걸리고 불편하다면 미안하다. 하지만 네가 아니면 불쌍한 민석이를 위로해 줄 사람이 없을 것 같아서…… 이렇게 내가 대신해서라도 민석이 마음을 전해 주는 게 좋겠다 싶었어."

"민석이 걔는 바보같이……. 왜 말도 못 하고……."

나는 고개를 숙이며 중얼거렸다.

"그러게 말이다. 그래도 그런 모습이 민석이인 걸 어쩌겠니?"

미술선생님도 힘없이 중얼거렸다.

"그런데 선생님, 믹서기, 아니 민석이는 제가 어떤 점이 마음에 들었다고 그러던가요?"

"자세히 말은 안 했는데, 그냥 네가 편하고 누나 같다나?"

"누나요? 어휴, 징그럽게!"

어이가 없었다. 누나라니! 왜 하필 나에게서 그런 감정을 느꼈을까? 아무리 생각해도 이해되지 않았다. 특별히 잘해 준 것도 없는데, 믹서기는 대체 나에게서 무엇을 본 걸까?

"외동이다 보니까 그랬겠지. 엄마도 없이 외롭게 자라다 보면 그런 감정이 생기기도 하는 모양이더구나. 누나 있는 애들이 부러웠을 수도 있고."

"그래도 저는 이해가 잘 안 가요."

"일부러 이해하려고 애쓸 필요는 없어. 아무튼 민석이가 너에게 그런 마음을 갖고 있었다는 걸 기억해 줬으면 해."

"예. 그런데……."

"그런데, 왜?"

"앞으로 제가 뭘 어떻게 해야 하는 건가요?"

"어떻게 하긴. 그냥 민석이를 잊지 말고 기억해 주면 되지."

"……."

미술선생님과 헤어져 돌아오는 내내 머리가 복잡했다. 현실 같지 않은 현실에 부딪힌 것 같은 느낌이랄까? 마음이 무겁기도 하고, 고백도 못 하고 가 버린 믹서기가 새삼 안쓰럽기도 했다. 그런데 만약 믹서기가 나에게 고백을 했다면 내가 받아 주었을까? 믹서기는 나에게 고백했다가 혹시라도 차일까 봐 두려워서 말을 못 했던 걸까? 그래도 그렇지. 바보같이…….

"민석이 방 한쪽에 사진이 몇 장 붙어 있는데, 중학교 졸업식 때 운동장에서 찍은 사진도 있더라. 그런데 민석이 뒤로 네 얼굴이 있는 거야. 아마 일부러 네가 있는 쪽에서 찍은 게 아닌가 싶더라고."

미술선생님이 들려준 말을 되짚는 동안에도 민석이는 뭘 보고 나를 좋아하게 됐는지 감이 잡히지 않았다. 더구나 누나 같다니, 정말로 내게 그런 이미지가 있었던가? 모를 일이었다.

집에 돌아와 책상 앞에 앉아 있는데도 생각이 정리되지 않았다. 그러다가 믹서기가 무슨 흔적 같은 것을 남기지 않았을까 하는 데 생각이 미쳤다. 그러면서 문득 믹서기가 페이스북을 했었다는 게 떠올랐다. 얼른 컴퓨터 전원을 켰다. 나도 처음에는 페이스북을 했는데 생각보다 별 재미도 없고 귀찮아서 핸드폰에 있는 페이스북 앱을 지워 버렸다. 컴퓨터 바탕화면과 즐겨찾기에서도 지워 버렸고. 초기에 페이스북을 할 때 믹서기가 친구 신청을 해서 받아 준 게 어렴풋이 기억났다. 그러곤 얼마 안 있어 페이스북을 접었으니까, 믹서기가 페이스북에 어떤 글들을 올렸는지 전혀 기억나지 않았다.

인터넷을 열어 페이스북 홈페이지에 접속한 다음 아이디와 비번을 쳤다. 다행히 내 계정은 죽지 않고 살아 있었다. 친구 목록에서 믹서기를 찾아 클릭했다. 믹서기 담벼락이 나타나는 순간 "억!" 하는 신음이 터져 나왔다. 커버 사진에 메꽃이 핀 풍경을 담아 놓고, 프로필에는 손바닥 위에 하트가 새겨진 풍선덩굴 씨앗을 올려놓은 사진을 걸어 놓았기 때문이었다.

한참 동안을 멍하니 컴퓨터 화면만 바라보고 있었다. 그랬구나. 작년 가을에 공원에서 만났을 때 풍선덩굴 씨앗을 나에게 보여 준 게, 사실은 자기 마음을 표현했던 거구나. 그러다가 경호가 나타나는 바람에 하고 싶은 말을 못 하고 헤어졌던 거구나. 그때 나중에 또 볼 수 있냐고 하는 걸 내가 경호 때문에 기분이 나빠서 매몰차게 거절하는 바람에 다시 다가오지 못했던 거구나. 생각이 그렇게 미치자 나도 모르게 눈물이 주르륵 흘렀다. 이 바보! 바보 같은 놈! 이민지, 너도 마찬가지로 바보였어. 왜 그때 눈치채지 못했던 거야!

눈물을 훔치고 다시 화면을 보며 타임라인을 살폈다. 참사 후 몇몇 친구들이 와서 남긴 글들이 앞에 있었다. 중학교 때 친구들 이름과 함께, 낯선 이름도 간혹 보였다. 그런 게시물이 많지는 않았지만, 대부분 믹서기의 명복을 비는 내용들로 채워져 있었다. 하나하나 읽어 가며 화면을 이동시켰다.

스크롤을 내리면서 보니 주로 믹서기가 찍은 꽃이나 나무 사진 같은 것들이 많았다. 더러 식물에 대한 기사를 스크랩해 놓은 것들도 있었다. 원예학과에 가고 싶다고 하더니 역시 믹서기답다는 생각을 했다. 그런데 중간중간 이상한 사진들이 나타났다. 그림자를 찍은 사진들이었다. 나무 그림자를 찍어 놓았는가 하면 자기 그림자를 찍어 올리기도 했다. 어떤 그림자는 뭉툭하고 어떤 그림자는 길게 늘어졌다. 그림자 사진에는 '오늘도 역시 그림자 놀이' 같은 짧은 멘트만 달아 놓았을 뿐, 왜 하필 그림자를 찍었는지 특별히 짐작할 만한 내용은 보이지 않았다. 하여간 믹서기 녀석은 괴짜야, 하는 생각을 하며 타임라인을 훑던 나는 다시 한 번 "억!" 소리를 내야 했다. 가로등 빛을 받아 담벼락을 타고 오르는 듯 길쭉하게 붙어 있는 그림자! 사진 속 담벼락은 내가 사는 연립주택의 담벼락이 분명했다. 사람 그림자는 필시 믹서기의 것일 테고. 우리 집 앞까지 왔다 간 적이 있다고 하더니 그게 정말이었구나. 하지만 그것보다 나를 더 놀라게 한 건 사진과 함께 노래를 링크해 놓은 거였다. 내게 너무나 익숙한 그 노래는 종현이 부른 '혜야'였다. 아아, 잊지 않고 있었구나. 두 손으로 얼굴을 가리며 엉엉 울기 시작했다. 이 바보야! 먹서기! 아니, 강민석 이 바보 같은 놈아! 울음이 그치지 않았다.

혜야, 너는 말했었지.

그저 좋은 친구의 가슴으로 날 사랑하는 것이라 영원한

거라고

그런 말 다신 하지 마. 네겐 너무 가벼운,

그러나 내겐 너무 무거운 이 마음이 너를 힘들게 했구나.

조금은 물러설게 기다릴게.

니가 편하도록 멀리 서 있을게.

이리 애원하잖아.

하늘공원

그날 민석이에게 받은 풍선덩굴 씨앗이 어디로 갔는지 전혀 기억나지 않았다. 집까지 가져오기는 한 건지도 불분명했다. 책상 서랍을 아무리 뒤져 봐도 보이지 않았다. 하기야 일 년이나 지났으니 찾을 수 없는 게 당연했다.

학교가 끝난 다음 발걸음이 중학교로 향했다. 일과가 모두 끝난 시간이라 그런지 중학교는 조용했다. 교문을 들어서며 혹시 교무실에 아는 선생님이 계시지 않을까 하는 생각을 잠시 했지만, 고개를 젓고는 곧장 후관 뒤편으로 발길을 돌렸다. 예전 그대로의 텃밭이 나타났고, 허수아비도 그 옛날처럼 한쪽에 서 있었다. 저 허수아비도 혹시 민석이가 만들어 놓은 게 아닐까 하는 생각이 스쳤다. 가을걷이가 끝났는지 텃밭은 썰렁했고, 고춧대 몇 주가 지지대와 함께 늘어서 있었다. 텃밭 여기저기에 오래전 민석이가 흘린 땀방울이 떨어져 스며 있을 터였다. 어쩌면 지금도 저 높은 하늘 어딘가에서 날마다 텃밭을 내려다보고 있을지도 몰랐다. 그런 생각을 하니 다시 민석이가 그리워졌다.

텃밭을 돌아 울타리 쪽으로 갔다. 난데없이 중학교를 찾아온 이유가 단지 텃밭 때문만은 아니었다. 텃밭과 민석이를 연결시켜 생각하다가 문득 강하게 끌어당기는 무언가가 떠올랐기 때문이었다. 울타리 쪽으로 단풍나무 몇 그루가 서 있었다. 가을이 깊어 단풍 빛도 화사하게 물들었다. 단풍나무와 울타리를 유심히 살펴보며 한 걸음씩 발을 옮겼다.

'역시 그럴 줄 알았어.'

울타리 한쪽을 감싸고 올라간 줄기는 풍선덩굴이었다. 가까이 다가가 보니 풍선덩굴은 이미 누런색을 띠고 있었다. 줄기에 매달린 열매도 마찬가지였다. 나는 조심스레 줄기 하나를 끊어 냈다. 풍선덩굴 열매 몇 개가 줄기에 붙어 있었다. 열매 하나를 잡고 조심스럽게 껍질을 벗기니 역시 하트 모양을 한 씨앗이 나왔다. 씨앗을 손바닥 위에 올려놓고 한참 동안 바라보았다. 하트 무늬에 민석이 얼굴이 겹쳐 보였다. 바보처럼 덧니를 살짝 드러내며 웃고 있는 민석이의 모습이!

민지야, 나 내일 제주도로 수학여행 간다. 갔다 와서 너 만나고 싶은데 시간 내 줄 수 있니? 이 쪽지를 볼지 못 볼지 모르겠지만, 너에게 꼭 할 말이 있어서 그래. 네 선물로 한라봉 초콜릿도 한 봉지 사 올게.ㅋㅋ 그럼 잘 갔다 올게. 안녕!

페이스북을 보면서 한참을 울고 난 다음 화면을 닫으려는데 메시지 함에 숫자 표시가 있는 게 눈에 들어왔다. 클릭을 했더니 친구 신청을 받아 달라는 다른 사람의 메시지와 함께 민석이가 보낸 메시지도 있었다. 민석이의 메시지를 보며 다시 울컥했다. 민석이는 그렇게 미련스럽도록 신호를 보내오고 있었는데, 그런 사실을 까맣게 모른 채 나 혼자 태평세월을 보내고 있었다고 생각하니, 내가 한심한 건지 민석이가 한심한 건지 헷갈렸다. 아님, 둘 다거나.

풍선덩굴 열매를 달고 있는 줄기를 조심스레 감싸듯 구부려서 가방에 넣었다. 집에 가서 내 방에 걸어 둘 생각이었다. 무사히 임무를 마쳤다는 안도감 같은 것이 들면서 나도 모르게 입가에 슬며시 미소가 감돌았다. 나에게도 남들이 모르는 비밀 하나가 생긴 듯했다.

'야, 믹서기! 그동안 믹서기라고 놀려서 미안해. 앞으로는 별명 대신 네 이름 그대로 민석이라고 부를게. 알았니?'

돌아 나오는 길에 하늘을 올려다보며 속으로 중얼거렸다.

민석이는 대답이 없었지만 그런 건 중요하지 않았다. 지금 내가 민석이를 생각하고 있다는 것, 그것으로 충분했다.

"민지야. 너 이번 주말에도 중앙역 앞에 갈 거니?"

쉬는 시간, 정원이가 나에게 물었다.

"아니, 왜?"

"네가 거기서 세월호 서명 받는 거 자주 도와주잖아. 나도 한번 참여해 보고 싶어서."

"어쩌지? 하필이면 이번 주말에는 꼭 가야 할 데가 있어서……. 대신 같이하는 내 친구 소개해 줄까?"

"아냐, 그럼 이번 주말 말고 너 갈 때 같이 가자."

모처럼 정원이가 해 온 부탁을 들어주지 못해서 미안했다.

요즘 정원이는 부쩍 우울한 표정을 지었다. 생존해서 돌아온 친구가 걱정이 되는 모양이었다. 그 친구가 최근에 병원에 입원했었다는 얘기를 전해 들었다. 무심코 또 손목을 긋다가 엄마에게 들켰다고 했다. 일주일 만에 퇴원을 하기는 했지만 다시 병원에 들어가야 할지 모른다며, 정원이는 눈물을 글썽였다.

"수면제 없이는 잠을 못 자겠대. 자꾸만 물속에서 허우적거리던 친구 손목이 떠오르고, 비명 소리도 들리고…… 바로 전날까지 배 안에서 손잡고 웃고 떠들던 친구라는데…… 그 친구한테 너무 미안하고 꼭 한 번만이라도 다시 보고 싶대. 그러면서 어젯밤에는 열두 시가 넘었는데 나한테 전화해서 막 울더라. 나도 같이 우는 것밖에 해 줄 수 있는 게 없었어. 당장은 치료를 받고 좋아진다고 해도 어른이 된 다음에 다시 옛날 기억이 찾아와서 평생 괴로울 거라는데, 내 친구 불쌍해서 어떡하니?"

나 역시 정원이 말을 들으면서 네가 잘 위로해 주라는 말밖에 할 게 없었다.

"걔들은 말을 하고 싶어도 말할 곳이 없잖아. 걔들 부모님들도 마찬가지고. 희생자 가족들은 광장이라도 나가지만, 생존자 가족들은 어디 가서 하소연도 못 하잖아. 내 친구하고 가족들도 엄연한 피해자인데."

정원이 말마따나 돌아오지 못한 친구들만 생각하느라 살아 돌아온 친구들을 생각하지 못하고 지냈다. 그렇다고 뾰족하게 도와줄 방법이 떠오르는 것도 아니었다. 그냥 서럽고 답답했다. 내 마음도 그런데 정원이는 오죽하랴 싶었다.

그런 생각들을 하면 정원이 부탁을 들어주고 싶지만 정말로 이번 주말만큼은 꼭 가야 할 곳이 있었다. 아니, 꼭 이번 주말일 필요는 없지만 가능하면 빨리 갔다 오고 싶은 마음 때문에 그랬다.

안산하늘공원. 민석이가 잠들어 있는 곳이다. 부곡동에 있다니까 수경이를 만나러 갔던 평택보다는 훨씬 가까운 곳에 있었다. 그곳에도 민석이를 비롯해 많은 친구들이 잠들어 있다고 했다. 그런데 왜 한 번도 가 볼 생각을 안 했을까? 미술 선생님을 통해 민석이가 그곳에 잠들어 있다는 것을 알고 나자 마음이 급해지면서 하루라도 빨리 다녀와야겠다고 마음먹었다. 수경이 때는 친구들과 함께였지만 이번에는 혼자 가야 한다고 생각했다. 민석이 얘기는 아직 친한 친구들에게도 털어놓지 않았다. 나 혼자 견뎌야 할 일이라고, 그래야 한다고 다짐을 했다.

마침 집 가까운 곳에서 하늘공원까지 다니는 버스가 있었다. 버스를 타고 가며 다시 민석이를 생각했다. 민석이가 믹서기라는 별명을 얻게 된 사건을 떠올릴 때면 픽 웃음이 났다. 그러다가도 민석이가 우리 집 앞에 와서 서성거렸을 걸 생각하면 마음이 아렸다. 얼마나 망설이고 주저했을까? 그래도 일단 집 앞까지 오는 것만 해도 용기가 필요했겠지. 거기서 조금만 더 용기를 내면 됐을 텐데…….

생각하는 사이 버스는 어느새 하늘공원 근처에 나를 내려놓았다. 한적한 곳에 있을 줄 알았는데, 의외로 차들이 쌩쌩 달리는 수인산업도로 바로 옆에 있었다. 버스에서 내리니 바람이 조금 불었다. 늦가을로 접어들면서 날씨가 조금씩 차가워지고, 서늘한 바람이 옷깃을 파고들었다. 군데군데 떨어져

쌓인 누런 가로수 낙엽을 밟으며, 뜬금없이 덧없다는 말을 떠올렸다. 그런 말은 어른들이나 쓰는 말인 줄 알았는데, 덧없다는 게 어떤 느낌인지 이제는 조금 알 것도 같았다.

하늘공원은 서호추모공원과는 많이 달랐다. 입구에는 세로로 세운 큰 돌에 '부곡동 공설공원묘지'라고 새겨 놓았는데, 하늘공원의 본이름인 모양이었다. 정문을 들어서자마자 왼쪽에 붉은 벽돌로 지은 단층 건물이 있고, 오른쪽은 주차장이었다. 주차장 뒤쪽으로는 네모난 기둥과 타원형의 담장 같은 것들을 세워 놓은 것들이 보였다. 주차장을 가로질러 가자 '천국의 집'이라는 나무 팻말이 있고, 거기서부터 유해를 모신 안치함들이 나타났다. 담장 모양으로 둘러 세운 벽에 벽장처럼 칸칸이 안치함을 모셨는데, 이 담장을 봉안담이라고 부른다고 했다. 서호추모공원의 수경이 안치함은 앞면이 유리로 되어 있었는데, 이곳은 대리석으로 막아 놓아 안을 들여다볼 수 없었다. 대신 동판 같은 것을 겉에 붙이고 거기다 이름을 새겨 놓았다. 봉안담을 둘러보며 끝까지 가 보았으나 민석이를 찾을 수 없었다. 어디 다른 곳에 있나 두리번거리며 돌아나오다 보니 계단식 묘지 옆으로 비탈지게 올라가는 길이 있고, 길 오른편 위로 층층이 또 다른 봉안담들이 있는 게 보였다. 야트막한 구릉 쪽으로 발길을 옮기면서 보니 옆에 커다란 알림판들이 몇 개 있었다. 거기에 세월호 관련 사진들과 안산

여성문학회에서 만든 추모 시화를 전시한 것들이 눈에 들어왔다. 참사 현장과 유가족들이 행진하거나 농성하는 모습 등을 담은 사진들을 보니 금방이라도 눈물이 날 듯해서 오래 바라볼 수가 없었다.

맨 위쪽 알림판에는 노란 리본을 매단 나무 십자가가 서 있는 사진을 배경으로 다음과 같은 문구가 적혀 있었다.

2014년 4월 16일 세월호 참사로
하늘공원 100
평택서호 86
효원 62
기타 9명
이곳에 잠들다.

별들이 모여
빛나는 밤하늘에
잊지 않는
마음들 모여
올려다봅니다.

안내판을 끼고 접어든 곳에 단원고 친구들의 안치함이 한

군데 모여 있었다. 다른 봉안담들과 달리 그곳 봉안담 위에는 하얀 천막 두 동을 세워 비바람을 피할 수 있도록 해 놓았다. 일반 봉안담들을 보며 아무런 가림막도 없이 바깥에 덜렁 세워 두는 것이 안됐다 싶었는데, 단원고 친구들에게는 나름대로 배려를 해 주었구나 싶어 고마운 마음이 들었다. 봉안담 위에는 '세월호 희생자(단원고 학생)의 명복을 빕니다'라는 문구를 적어 두었다. 그리고 희생자들이 잠들어 있는 칸마다 꽃으로 장식을 하거나 사진과 편지 같은 것들을 붙여 놓았다. 세월호 봉안담 앞에서 잠시 눈을 감았다. 얼마나 많은 통곡이 이 벽 앞에서 이어졌을까? 세월호 친구들이 안치된 이 봉안담을 통곡의 벽이라 해도 무리가 없을 듯했다. 감았던 눈을 뜨고 천천히 민석이를 찾았다. 민석이는 왼쪽 중간쯤에 있었다.

'민석아, 나야. 민지! 네가 좋아했다던 이민지가 여기 네 앞에 왔어. 보이니?'

허리를 숙이고 손을 뻗어 민석이 유골이 들어 있는 봉안함의 대리석을 만져 보았다. 차가웠다. 집에서 나올 때는 눈물을 흘리지 않겠다고 했는데, 마음먹은 대로 되지 않았다. 대신 입술을 깨물며 울음소리를 내지 않으려고 했다. 손으로 입을 막고 있는 동안 뜨거운 눈물이 뺨을 타고 흘러내렸다.

한참을 그러고 있다가 허리를 폈다. 눈물은 멈췄지만 마음은 쉬 가라앉지 않았다. 입술을 한 번 더 깨물며 가방을 열어 초콜릿을 꺼냈다.

'네가 사다 준다던 한라봉 초콜릿이야. 내가 너한테 받아야 하는데, 내가 대신 사 왔어. 제주도까지 안 가도 인터넷으로 주문하니까 배달해 주더라. 너한테 줄 게 없어서 이거라도 주려고 샀어. 너도 못 먹어 봤을 거 아냐.'

나는 초콜릿을 민석이의 학생증 사진을 붙여 놓은 곳 옆에다 테이프로 고정시켰다.

'맛이 어떤지 한번 먹어 봐. 나도 먹을 테니까.'

나는 남은 초콜릿 작은 봉지 하나를 꺼내서 껍질을 벗겼다. 그리고 입안에 넣었다.

'우리 같이 맛을 봐야지. 어때? 맛있니? 나는 맛이 괜찮은데…… 민석이 너 혹시 초콜릿처럼 달콤한 사랑을 꿈꿨던 거니? 그런 거야? 그런 건 유행가에나 있는 거잖아. 이 바보야!'

봉안담에서 물러나와 잠시 쉴 곳을 찾았다. 맞은편에서 엄마 아빠 나이대로 보이는 부부가 봉안담 쪽으로 걸어가고 있었다. 여자는 얼굴을 감싸 쥐고 흐느꼈고, 남자는 여자의 어깨를 끌어안은 채 한 발 한 발 무겁게 걸어가고 있었다. 그 모습을 보자 순식간에 눈물이 다시 차올랐다. 고개를 돌리고 봉안담 뒤편으로 가니 나무 벤치가 놓여 있는 게 보였다. 가까운 벤치로 가서 걸터앉았다. 바람은 조금 찼지만 하늘은 높고

푸르렀다. 서러울 만큼 푸르다고나 할까? 사람은 왜 태어나면 반드시 죽는 걸까? 신이라는 존재가 정말 있다면 왜 이런 슬픔을 인간들에게 내리는 걸까? 내 친구들이 무얼 그리 잘못했기에 이렇게 무서운 벌을 내리는 걸까? 두서없는 생각을 하며 앉아 있는데, 어디선가 빨간 고추잠자리 한 마리가 날아오더니 신발 끝에 사뿐히 올라앉았다. 난데없이 웬 잠자리람, 하면서 발을 들어 올렸더니 살짝 날아올랐다가 이번에는 다른 쪽 신발 끝으로 내려앉았다.

'어머, 얘가 왜 이러지? 도망가지도 않네.'

신기하다 싶은 마음에 가만히 신발 끝에 앉은 잠자리를 내려다보았다. 11월인데 잠자리가 아직도 남아 있나? 혹시 다른 잠자리가 있나 싶어 주위를 둘러보았으나 어디에도 잠자리는 보이지 않았다. 오로지 신발 끝에 앉은 잠자리 하나뿐이었다.

'얘, 너 어디서 왔니? 왜 여기서 서성거리는 거니?'

잠자리의 커다란 눈동자가 잠시 흔들리는 것 같았다. 어디까지나 내 착각일 거였다. 잠자리는 겹눈이라고 했던 게 생각났다. 그래서 색깔은 물론 자외선과 적외선 같은 것도 구분할 줄 안다고 했다. 지금 내 신발 끝에 앉은 저 잠자리의 겹눈은 무얼 보고 있는 걸까? 왜 사람을, 그것도 하필 나를 택해서 날아와 앉았을까? 무섭지도 않은 걸까? 나는 슬그머니 손을 뻗어 잠자리의 날개를 조심스레 잡아 올렸다. 뜻밖에도 잠자리는 도망갈 생각을 하지 않고 얌전히 내 손길에 자신의 몸을 맡기고 있었다. 왼쪽 손을 펼친 다음 잡아 올린 잠자리를 그 위에 내려놓았다. 그랬더니 잠자리는 손바닥 위에 가만히 앉아 겹눈을 굴리고 있었다. 손바닥을 들어 잠자리와 내 눈이 마주칠 만큼 가까이 가져다 댔다.

'얘, 뭘 보고 있니? 네 눈에 내가 비치니?'

순간, 잠자리 꼬리가 까닥했다. 이게 뭐지? 가만 있자…… 설마? 아니겠지. 아닐 거야. 그런 건 공상소설 같은 데나 나오는 얘기잖아. 지금 내 손바닥 위에 앉은 고추잠자리가 혹시 민석이의 영혼은 아닐까 하는 생각이 퍼뜩 스쳐 갔지만 이내 고개를 저었다. 그런 일이 있을 수 있다는 생각 자체가 어이없는 일임은 분명했다. 하지만 세상에는 도저히 이해할 수 없는 일들이 종종 벌어지기도 한다지 않는가. 사후 세계와 같은 믿기 어려운 일들을 텔레비전 교양 프로그램에서 본 게 생각났다.

'너 정말 민석이니? 그래서 날 찾아온 거야?'

이번에도 잠자리 꼬리가 까닥했다. 놀라움과 무서움이 동시에 밀려들면서 어깨가 떨렸다.

'아, 이걸 어떡해. 정말 민석이라면…….'

이번에는 잠자리를 올려놓은 손까지 떨려 오기 시작했다.

'이렇게 날 찾아와서 고맙긴 한데……. 민석아, 가여워서

어떡하니? 무슨 말을 하고 싶어서 찾아온 거니?'

잠자리 눈동자를 바라보며 속엣말을 하면서도 도무지 이 상황이 믿기지 않았다. 믿을 수가 없어서 더 간절한 마음이 들기도 했다.

'너도 내가 보고 싶었나 보구나. 늦었지만 나도 이제 네 마음을 알았어. 날 그렇게 생각해 줘서 고마워.'

'친구들하고는 잘 지내고 있니? 아빠도 보고 싶을 텐데……. 너무 걱정하지 마. 아빠도 잘 이겨 내실 거야.'

잠자리가 내 말을 알아듣는 건지는 모르겠지만, 뭐라도 말을 하면서 위로를 해 주고 싶었다.

'민석아, 생각해 보니까 넌 정말 괜찮은 애였어. 만일 네가 그렇게 가지 않고 나랑 사귀었으면 분명 좋은 사이가 되었을 거야. 내가 좀 삐딱해서 네가 좀 힘들 수도 있었겠지만 말이야. 후후. 그런데도 내가 정말 그렇게 좋았어?'

이번에도 잠자리 꼬리가 한 번 까닥했다.

'고마워. 나도 너 잊지 않을게.'

'하늘나라에는 아름다운 꽃들도 많겠지? 이 세상에는 없는 신기한 꽃들도 많을 거야. 너는 꽃밭 속에서 살 팔자였으니까 거기서 아름다운 꽃들 열심히 잘 가꾸고 살아. 먼 훗날 네가 가꾼 꽃밭을 보러 갈게.'

한참 동안 혼자 중얼거리던 나는 이제 그만 민석이를 보내

주어야겠다고 생각했다. 손바닥을 위로 흔들어 잠자리를 날려 보냈다. 그러자 공중으로 날아오른 잠자리는 내 주위를 한 바퀴 돌았다. 그러고는 빨간 꼬리를 흔들며 천천히 봉안담 쪽으로 날아갔다. 잠자리가 눈에서 완전히 사라질 때까지 바라보고 있었다. 작은 눈물방울이 똑, 하고 굴러 내렸다.

'민석아. 잘 있어. 내년 봄에 다시 와서 네 곁에 풍선덩굴을 심어 줄게. 그때까지 보고 싶어도 참고 기다릴 거지?'

돌아가야 할 시간이었다. 자리에서 일어나 걷기 시작했다. 낙엽이 깔린 길을 다시 밟아 걸으며 지난봄을 생각했다. 그때는 꽃들이 떨어져 내리더니 지금은 잎들이 떨어져 내리는구나. 얼마 후면 조금 남아 있는 저 잎들도 마저 지고 말겠지. 그리고 긴긴 겨울 동안 홀로 외로움을 견디겠지. 쓸쓸하다는 건 어쨌든 슬픈 일이라는 생각을 하며 버스 정류장 쪽을 바라보고 걸었다. 뒤는 돌아보지 않기로 했다. 더 슬퍼지면 안 되니까.

밤에 베개를 들고 엄마가 자고 있는 방으로 가서 엄마 품을 파고들었다.

"엄마, 오늘은 엄마하고 잘래."

"아니, 다 큰 애가 갑자기 왜 이래? 안 하던 행동을 하고……. 별일을 다 보겠네."

엄마는 어이없다는 표정을 지었다. 옆에 누워 있던 아빠도 웬일인가 싶은 얼굴로 나를 쳐다봤다.

"오늘만, 응? 오늘만 여기서 잘게."

"낮에 무슨 일이 있었니? 어디 갔다 왔기에 그러는 거야?"

"무슨 일은. 그냥 친구들하고 놀다 왔지."

"참 이상한 일이네." 하면서도 엄마는 품으로 파고드는 나를 내치지는 않았다.

"난 엄마가 좋아. 히히."

"엄마만 좋고, 그럼 나는?"

아빠가 서운하다는 듯 볼멘소리를 냈다.

"당연히 아빠도 좋지. 나중에 아빠 같은 사람하고 결혼할 건데, 힛."

"어이구, 저 입 발린 소리 하는 거봐. 얼마 전까지만 하더라도 종현인가 뭔가 하는 애하고 결혼한다고 해 놓고!"

엄마가 킥킥 웃었다. 나도 함께 따라 웃으며 다시 엄마 품속으로 파고들었다.

"종현 님이 나랑 결혼해 준다면 좋긴 하겠지만, 그럴 일은 없을 테니까, 히히."

"오늘만이야. 어쨌든 오랜만에 딸 좀 안고 자 보자."

"알았어, 엄마. 오늘만!"

엄마가 이불을 끌어다 내 몸이 밖으로 나가지 않도록 덮어 주었다.

"근데 엄마, 엄마하고 아빠 중에 누가 먼저 사랑한다고 고백했어?"

이불 속에서 고개를 내밀고 엄마 얼굴을 바라보며 물었다.

"아니 얘가 점점……. 갑자기 또 그런 건 왜 묻는 건데?"

"그냥 궁금하잖아. 서로 다른 두 사람이 어떻게 만나서 사랑하고 결혼까지 하는 건지?"

"민지, 너 혹시 남자친구 생겼니?"

이번에는 건너편에서 아빠가 물어 왔다.

"에이, 그런 건 아니고…… 나도 언젠가는 남자친구도 사귀고, 결혼도 해야 할 거 아냐."

"아이구, 그러셔? 그런 날이 빨리 왔으면 좋겠다. 우리 이쁜 딸 데려갈 남자가 어떻게 생겼는지 보게."

"엄만, 아까 물어본 거나 대답해 줘야지. 빨랑. 궁금하단 말이야."

"여보, 당신이 대답해 줘. 당신이 알 거 아냐?"

엄마는 아빠에게 대답을 미뤘다.

"왜 그래? 내가 뭘 어쨌다고."

아빠가 갑자기 등을 돌리는 소리가 났다.

"아, 아빠가 먼저 고백했구나. 아빠는 엄마의 어떤 점이 좋았어?"

"몰라. 엄마한테 물어봐. 난 그만 자야겠다."

아빠의 퉁명스러운 대꾸에

"내가 그렇게 예뻤다며? 그런데 왜? 지금은 안 예뻐? 진실을 말해 보셔. 호호."

엄마가 장난스레 받아쳤다.

"에이, 예쁜 거 그런 거 말고, 뭔가 마음을 끄는 매력 같은 게 있었을 거 아냐. 운명 같은 예감이랄까, 뭐 그런 거."

"운명 같은 예감? 얘가 소설 쓰고 있네. 안 되겠다. 그만 자자."

엄마가 갑자기 이불을 내 머리 위로 뒤집어씌웠다.

"응, 궁금해서 물어본 건데……. 알았어. 그만 잘게. 엄마 잘 자. 아빠도."

"그래, 민지도 잘 자라."

아빠가 건너편에서 대답을 해 주었다.

눈을 감았지만 잠이 쉽게 찾아오지는 않았다. 어둠 속에서 아빠의 숨소리가 조금씩 높아지고 있었다. 눈을 감은 채 엄마 귀에 대고 속삭였다.

"근데 엄마, 우리 지금 행복한 거지?"

"그래, 행복해. 그러니까 그만 자래두."

"잠이 안 와서 그래. 나는 엄마 없이 살 수 없는데, 엄마는 혹시 나 없으면 살 수 있어?"

"말 같잖은 소리 그만하고 자라니까. 엄마 졸려."

"엄마, 사랑해! 정말이야."

"그래, 알았어. 고마워, 우리 새끼."

어둠 속에서 엄마는 나를 꼭 안아 주었다. 방이 어둠에 갇혀 있어서 다행이라고 생각했다. 눈물이 흐르는 걸 들키지 않을 수 있어서.

하늘나라 우체통

겨울 방학이 코앞으로 다가왔다. 어서 빨리 방학이 오기를 기다리기도 했지만 그렇다고 해서 마냥 즐거운 것만도 아니었다. 이제 곧 3학년이 된다는 의미니까. 고3이 되면 이제 꼼짝없이 입시라는 괴물의 아가리 속에 들어가서 살아야 할 테니까. 그런 면에서 겁이 나기도 했다. 고등학교 2년 동안 제대로 쌓아 놓은 실력이 없으므로 불안감이 밀려드는 것도 무리는 아니었다. 그렇다고 해서 시곗바늘을 되돌릴 수는 없는 노릇이므로, 지금부터라도 마음가짐을 단단히 하는 수밖에 달리 도리가 없었다.

하늘공원에 다녀온 뒤로 민석이 생각을 종종 했다. 민석이 페이스북에 들어가 꽃 사진과 그림자 사진을 보고, 민석이가 링크해 놓은 '혜야'를 듣기도 했다. 가끔 받아 볼 사람이 없는 메시지를 민석이 앞으로 보내기도 했다. 처음처럼 눈물이 나지는 않았다. 사진을 배워 볼까, 하는 생각을 종종 하곤 했다. 민석이의 그림자 사진은 묘한 중독성이 있었다. 선명함과는 거리가 먼 흐릿한 배경 속에 길고 짧게 드리운 그림자들. 마음에 들건 안 들건 누구나 자기 그림자를 달고 다녀야 하는 운명에 대해 생각해 볼 때도 있었다. 민석이가 그림자 사진을 즐겨 찍은 게 그런 이유 때문인지도 모르겠다. 민석이의 그림자 사진에는 외로움이 배어 있었다. 달리 자기 마음을 달래 줄 무엇이 없을 때 자기 그림자를 보며 위안을 삼곤 했는지도 몰랐다. 민석이 흉내를 내려고 그림자 사진을 찍어 보기도 했는데, 어쩐 일인지 내가 찍은 그림자 사진은 통 마음에 들지 않았다.

방학이 되면 '오죽하면' 친구들과 팽목항에 가기로 했다. 팽목항에는 아직도 바닷속에서 나오지 못한 아홉 명의 미수습자 가족들이 남아 있었다. 시신조차 건져 올리지 못한 가족들의 마음은 어떨까? 상상이 되지 않았다. 하염없이 바다만 바라보고 있을 미수습자 가족들을 생각하면 밥을 먹는 것조차 미안할 때가 있었다. 마지막으로 친구가 인양된 것은 10월 28일이었다. 그런데 묘하게도 그날이 그 친구의 생일날이었다고 한다. 주인공 없는 생일상을 준비해 놓았다가 딸이 올라왔다는 소식을 들은 부모님들은 어떤 마음이었을까? 아니 그보다도, 그로부터 얼마 지나지 않아 정부에서 수색 중단을 발표했을 때 아직도 가족을 찾지 못한 사람들 심정은 어땠을까? 생각할수록 먹먹하고 미안했다. 겨울 바닷바람을 맞으며 언제가 될지 모르는 세월호 인양만을 기다려야 할 가족들. 4월의 잔인한 바다는 건너지 못할 심연으로 점점 더 깊이 가라앉고 있었다.

친구들과 세월호 관련 소식을 주고받을 때마다 때로는 울컥하고 때로는 분노하며 몇 번의 계절을 넘겼다. 그럼에도 진실로 가는 모든 길은 막혀 있고, 언제 끝날지 모르는 슬픔의 세월이 하루하루 이어지고 있었다. 수경이도, 경호도, 민석이도 아직 충분히 떠나보내지 못했다. 그러기에는 풀어지지 않는 억울함이 아프게 가슴을 치고 있었다.

지난 시간들 속에서 무엇보다 생생한 건 하늘공원에 다녀온 며칠 뒤에 민석이가 꿈속에 나타난 일이었다. 텃밭에 서 있던 허수아비가 별안간 민석이로 변해서 우쭐우쭐 걸어오더니 바보처럼 활짝 웃어 보였다. 목에는 기다란 풍선덩굴 줄기를 감고 있었다.

"나에게 찾아와 줘서 고마워. 언젠가는 와 줄 거라고 믿고 기다렸거든."

"민석아, 민석이 맞지? 맞구나. 나도 보고 싶었어. 오랜만에 만났는데 우리 악수나 한번 하자."

내가 손을 내밀어 민석이의 손을 잡았지만, 움켜지지가 않았다. 그냥 허공을 쥐는 느낌이었다.

"나도 네 손을 잡고 싶지만…… 알다시피 나에게는 이제 육체가 없어."

"그, 그게 무슨 말이야. 지금 이렇게 내 앞에 와 있잖아. 민석아, 이리 와. 내가 안아 줄게."

하지만 이번에도 민석이의 몸은 잡히지 않았다. 내 몸이 그냥 민석이의 몸을 통과해서 지나갈 뿐이었다.

"왜 이래, 응? 왜 이러는 거야? 왜 만질 수가 없는 건데……. 흑!"

몸을 돌려 다시 민석이 쪽을 향하고 말을 꺼내는데 목소리가 저절로 잠겼다.

"괜찮아. 그렇게 슬퍼하지 마. 몸은 비록 만질 수 없지만 네 마음과 내 마음은 서로 연결되어 있으니까, 그걸로 충분해."

민석이는 여전히 웃음 띤 얼굴이었다.

"그렇구나. 그래도 너 살아 있을 때 잘해 주지 못해서 미안해. 네가 나를 좋아하는 줄도 모르고…… 내가 정말 바보 같았어. 흑!"

다시 울음이 터져 나왔다.

"민지야, 지금이라도 이렇게 서로 확인했잖아. 네가 내 마음을 알고 나서도 외면하면 어쩌나 걱정을 많이 했거든. 정말 다행이야. 그리고 고마워."

"민석아, 너 정말 잘 지내는 거야? 거기 하늘나라는 어때? 바다에 있을 때는 무섭고 추웠지?"

"처음에는 무서웠는데 지금은 괜찮아. 여긴 참 아름다운 곳이거든. 춥지도 않고 덥지도 않고, 무엇보다 너처럼 교실에서 하루 종일 공부하지 않아도 되고. 하하!"

"그렇구나. 얼마나 걱정했는데……. 그나저나 친구들하고는 잘 지내니?"

"그럼, 친구들이 있어서 외롭지도 않고 얼마나 좋은지 몰라. 서로 장난도 치고…… 학교 다닐 때 얘기도 하면서 평소보다 더 친해졌는걸."

"그렇다면 정말 다행이다. 참 수경이도 잘 있니?"

"응, 잘 있어. 수경이는 여기서도 틈만 나면 친구들 모아 놓고 춤을 추는데, 수경이가 춤추는 거 보고 있으면 기분이 즐거워져."

"수경이도 보고 싶다. 이왕이면 같이 오지 그랬니?"

"그 생각을 못 했네. 나중에 수경이가 따로 너를 찾아올 거야."

민석이가 미안한 표정을 지으며 말했다. 하지만 그건 민석이가 미안해할 일이 아니었고, 지금은 민석이와 하고 싶은 얘기가 많았다.

"괜찮아 민석아. 그곳에서 어떻게 생활하는지, 그리고 다른 친구들은 어떻게 지내는지 더 얘기해 줘."

"다들 잘 지내고 있어. 그리고 요즘은 경호하고 친해져서 참 좋아."

"뭐, 경호하고?"

민석이의 입에서 경호 이름이 튀어나올 줄은 몰랐다. 뜻밖의 말에 놀라서 눈이 똥그래질 정도였다.

"그게 정말이야? 둘이 안 친했잖아. 그런데 어떻게……?"

"놀랐니? 내가 언젠가 경호도 그리 나쁜 애는 아니라고 했던 거 같은데."

"그랬었나? 아무튼 경호하고 니가 친하게 지낸다니까 어쩐지 이상하다. 내 생각에는 썩 어울리지는 않는 한 쌍 같은데……."

"그러니? 네 말대로 2학년 때 경호하고 같은 반이 됐을 때 크게 싫지는 않았지만, 그렇다고 좋지도 않았어. 그냥 같은 반 친구로만 지냈지. 그런데 수학여행 갈 때 무서운 일이 있었잖아. 그때 경호가 날 크게 도와줬어."

"어떻게?"

"배가 점점 기울어지니까 친구들이 모두 불안해하고 있는데 방에서 나오지 말고 가만히 기다리라는 방송만 나왔잖아. 그러면서 대신 구명조끼를 입고 대기하라고 했거든."

"그건 나도 알아. 그런데?"

"구명조끼를 받아서 서로 입혀 주고 있는데, 하필이면 내가 받은 구명조끼가 끈이 떨어지고 없는 거야. 그냥 걸치기만 할 수 있는 거라서 물에 빠졌을 때 그냥 벗겨지면 아무 소용이 없잖아. 그때 경호가 자기가 입고 있던 구명조끼를 나한테 벗어 줬어. 자기는 수영을 잘하니까 괜찮다면서."

"어머 그랬구나. 경호가 그런 면이 있는 줄은 몰랐네."

"그러다가 배에 물이 들어오면서 다들 급하게 방에서 빠져나가기 시작했거든. 그때 벽 쪽에 있던 캐비닛이 넘어지면서 내가 밑에 깔렸어. 그런 나를 경호가 꺼내 주려고 하다가……."

"아, 어떡해! 그러느라고 둘 다 못 나온 거구나."

"응, 결국 나 때문에 경호가 그렇게 된 셈이야. 처음에는 너무 미안해서 어쩔 줄을 몰랐어. 경호 부모님에게도 너무 죄송하고……."

민석이의 눈에서 눈물이 흘러내렸다.

"그건 네 잘못이 아니잖아. 경호가 그렇게 된 건 나도 슬퍼. 그런데…… 그런데 경호를 죽인 건 네가 아니야. 네 탓이 아니라고, 민석아. 책임져야 할 사람들은 따로 있는데 네가 왜 그래?"

나도 모르게 목소리가 커졌다. 그 무서운 날 이후 아무도 책임을 지지 않으려는 모습에 실망하고 분노했다. 구하려고 마음먹었으면 얼마든지 구할 수 있었다고, 그날 화면을 지켜봤던 어른들이 한목소리로 말했다. 그런데 왜 아무런 잘못도 없는 민석이가 미안하다고 해야 하는가.

"그런데 경호가 그러는 거야. 만일 자기가 캐비닛에 깔린 나를 모른 척하고 나갔다면 도저히 자신을 용서하지 못했을 것 같다고 하더라. 그러면서 씩 웃어 주는데, 그런 경호가 다시 한 번 더 좋아졌어."

민석이는 다시 웃음 띤 얼굴로 돌아왔다.

"네 말을 듣고 보니 경호가 정말 멋진 애였구나. 난 모르는 게 왜 이렇게 많았을까?"

"여기서도 경호가 장난은 여전해. 나한테 믹서기라고 놀리는 것도 똑같고, 캐비닛에 깔린 나를 꺼내 줬으니까 앞으로 자기를 형님으로 모시라고 그러고."

"아무렴 그렇겠지. 얌전하면 경호가 아니니까."

"근데 이제 나도 경호를 막 놀린다. 당하고만 있으면 안 되잖아."

"니가 경호를? 어떻게 놀리는데?"

"내 이름 가지고 놀리니까 똑같이 해 주는 거지. 경호라고 부르지 않고 대신 '야, 파송송 계란탁!' 하고 부르는 거야. 경호가 탁씨잖아. 하하. 재밌지?"

민석이는 유쾌한 웃음을 터뜨렸다.

"아, 임창정 나온 그 영화 제목! 그거 되게 재밌었는데."

"내가 놀리면 경호가 '야, 탁이 아니라 탁탁이라고 해. 나는 계란 두 개 넣어서 먹을 거니까' 하고 또 웃는 거야."

"너희들 정말 재미있게 노는구나. 그래도 정말 다행이다. 그리고 민석이 네가 이렇게 말도 많아지고 잘 웃으니까 그것도 정말 좋다."

"내가 많이 변했지? 다 지금 같이 있는 친구들 덕분이야. 그리고……."

"그리고 또 뭐?"

"민지, 네가 내 마음을 받아 줬잖아."

"그거야……."

민석이 말에 괜히 얼굴이 발그레해지는 것 같았다.

"민지가 앞으로도 나를 잊지 않고 기억해 준다면 그것만큼 행복하고 즐거운 일은 없을 거야. 약속해 줄 수 있니?"

"그럼 당연하지. 영원히 잊지 않을게. 그러니까 너도 나 잊으면 안 돼."

"나도 당연하지. 하하. 근데 민지야, 어쩌지? 시간이 다 돼 가는데……."

하면서 민석이가 뒤를 돌아봤다.

"왜? 무슨 시간이?"

"이제 그만 가야 할 시간이야."

"벌써? 안 돼. 조금만 더 있다 가."

"아니야, 가야 해. 너무 늦으면 돌아가는 길을 못 찾을지도 몰라."

"그럼 아예 안 가면 되잖아."

아직 할 말을 충분히 하지 못했다는 생각이 들었다. 이렇게 가 버리면 언제 또 만날 수 있을지 모르기도 했다. 이런 내 마음을 모르진 않을 테지만 민석이는 고개를 저었다.

"나는 이미 이곳 사람이 아니라 그럴 수가 없어. 늦게 돌아가다가 도중에 길을 못 찾고 헤매면 나 혼자 영영 미아가 될 거야. 나를 기다리는 친구들도 못 만나고."

민석이 얼굴에도 아쉬움이 묻어났지만 돌아가야 하는 처지임을 상기시켰다. 하지만 이대로 민석이가 돌아가도록 놔두고 싶지 않았다. 나는 발걸음을 앞으로 옮겨 민석이를 붙잡았다. 하지만 이번에도 역시 민석이 몸을 만질 수가 없었다.

"민석아! 이대로 가면 안 돼! 안 된다고…… 흐흑!"

내가 기어이 울음을 터뜨리는 모습을 보며 민석이가 움찔하는 듯했으나 이윽고 민석이 몸이 서서히 공중으로 떠오르고 있었다. 그러면서 민석이는 손을 흔들었다. 다시 달려가서 민석이를 붙잡으려 했지만 소용이 없었다.

"민지야, 나 갈게. 울지 말고 잘 지내!"

민석이가 씩 웃어 보였다. 하지만 나는 민석이처럼 웃을 수가 없었다. 저만치 멀어지는 민석이의 목에 걸린 풍선덩굴이 너풀거렸다.

"민석아! 민석아!"

민석이를 부르다 퍼뜩 몸을 일으켜 보니 방 안에는 어둠만이 고요했다. 아무것도 보이지 않고 아무 소리도 들리지 않았다. 다만 멀어지던 민석이의 잔상이 눈앞에서 흔들릴 뿐이었다.

꿈이었다는 걸 알고도 조금 전의 상황이 너무나 생생해서 진짜로 민석이가 다녀간 듯했다. 나는 두 손으로 내 얼굴을 만져 보았다. 뺨에 눈물이 묻어났다. 민석이가 들려준 경호 이야기가 사실인지 아닌지 궁금하기는 했으나, 그냥 전해준 대로 믿기로 했다. 그러고 보니 경호가 바다에서 나올 때 구명조끼를 입지 않고 있었다는 얘기를 들은 기억이 났다. 내가 미처 몰랐던 경호의 다른 면들이 얼마든지 있을 수 있다는 것, 그걸로 충분했다. 수경이 엄마가 생전에 수경이가 보여준 예쁘고 착한 모습만 기억하고 싶다던 말도 생각났다.

'민석아, 내게 와 줘서 고마워. 그리고 친구들 얘기도 들려줘서 고마워. 경호한테도 고맙다고 전해 주고, 앞으로도 재미있게 잘 지내.'

자리에서 일어난 나는 가만가만 책상 앞으로 가서 벽에 걸어 놓은 풍선덩굴을 만져 보았다. 민석이 대신 풍선덩굴이 내 곁을 지켜 줄 거였다. 그리고 봄이 오면 풍선덩굴 씨앗을 민석이가 잠들어 있는 곳 근처에 심을 생각이다. 민석이가 외롭지 않게.

겨울 방학이 시작됐다. 친구들과는 1월 첫 주에 팽목항에 가기로 했다. 안산시에서 팽목항으로 가는 무료 셔틀버스를 운행하고 있었기에 그걸 이용하기로 했다. 인터넷으로 팽목항을 찍은 사진들을 이리저리 찾아봤다. 미수습자 가족들이 머무르고 있는 컨테이너 숙소, 등대 쪽으로 이어진 방파제 옆 철책에 걸어 놓은 노란 띠들과 현수막, 무엇보다 미수습자들의 얼굴을 담은 사진과 그림들, 이름을 적어 놓은 깃발들을 보니 한숨이 절로 나왔다. 출렁이는 바다는 여전히 막막함과 두려움으로 다가왔다. 그런 매몰찬 바다를 매일 바라보며 비탄에 젖어 있을 가족들을 생각하면 팽목항을 찾아가는 것이 두렵기도 했다. 과연 그분들 얼굴을 제대로 볼 수 있을까 싶어 마음이 무거웠다. 그럼에도 한번은 꼭 다녀와야겠다고 마음먹었다.

팽목항 등대 앞에는 '하늘로 가는 우체통'이 있다고 했다. 하늘나라에 있는 친구들에게 편지를 써서 그 빨간색 우체통 안에 넣고 오는 게 팽목항을 찾아가는 목적이었다. 하늘나라에 있는 친구들이 우체통 안에 있는 편지를 직접 받아 보지는 못하겠지만, 마음만은 전해질 거라고 믿었다. 그렇게나마 친구들에게 가닿고 싶은 마음을 표현해 주고 싶었다. 각자 편지를 써서 가져가기로 하고 날짜와 시간을 정했다.

막상 편지를 쓰려고 하니 무슨 말을 담아야 할지 막막했다. 민석이는 꿈속에 다녀간 뒤로 두어 번 다시 찾아왔으나 첫 번째만큼 생생하지는 않았다. 그저 흐릿하게 스쳐 가듯이 나타났다 사라질 뿐이었다. 수경이는 잘 나타나지 않았다. '나쁜 기집애, 거기서도 춤추는 데 빠져서 나를 잊어버린 거 아냐?' 혼자 그런 생각을 하며 픽 웃은 적도 있었다.

수경이와 경호에게 먼저 편지를 쓰기 시작했다. 수경이하고는 생일 같은 날 편지를 주고받거나 수업 시간에 몰래 쪽지를 보낸 적도 많아 편지를 써 내려가는 게 어렵지는 않았다. 다만 편지를 쓰는 동안 수경이 생각에 자꾸만 눈물을 닦아 내느라 시간이 오래 걸렸다. 그에 반해 경호에게 편지를 쓰려고 하니 뭐라고 해야 할지 시작부터 막혔다. 경호에게 편지를 쓰게 되리라고는 한 번도 생각해 본 적이 없으니 막막한 게 당연한 일이기는 했다. 하지만 민석이가 꿈속에서 전해 준 경호의 이야기를 생각하면 꼭 써야겠다는 마음이 들었다. 생각해 보면 지금까지 경호가 나에게 특별히 잘못했던 일도 없었다. 공원에서 민석이와 만나고 있을 때 비아냥거리며 지나가긴 했지만, 악의가 담긴 행동은 아닐 수도 있었다. 오히려 경호를 못된 애라고만 여겼던 데 대한 미안한 마음이 컸다. 잠시 고민하다 '내 친구 경호에게'라고 적은 다음 편지를 써 내려가기 시작했다.

경호에게 주는 편지를 쓰고 나서 민석이에게 보내는 편지는 다음 날 쓰기로 했다. 왠지 그냥 상투적인 내용으로 쓰기는 싫었다. 연애편지라고는 할 수 없지만, 그게 아니라고도 할 수 없는 편지가 될 것 같았다. 고민에 고민을 거듭하다 결국 팽목항으로 내려가기 전날 밤에 겨우 완성할 수 있었다.

바다로 간 별들

평소보다 일찍 눈이 떠졌다. 침대에서 눈을 떴을 때는 아직 검푸른 어둠이 방을 덮고 있었다. 가만히 일어나 불을 켰다. 순간 갑자기 닥친 밝은 빛에 눈을 찡그려야 했다. 어둠과 밝음이 스위치 하나로 순식간에 바뀔 수 있다는 사실에 대해 잠시 생각했다. 이쪽 세계에서 저쪽 세계로 이토록 쉽게 넘어갈 수 있다면 얼마나 좋을까 하는 생각도 했다. 하지만 지금 여기는 현실 세계에 속하는 곳. 문명의 이기가 가져다준 밝음은 포근함보다는 눈을 찌르는 불편함으로 먼저 다가왔다.

책상 앞으로 가서 어젯밤에 써 둔 편지를 집어 들었다. 내가 민석이에게 뭐라고 썼지? 고개를 갸우뚱거려 봐도 내용이 잘 생각나지 않았다. 책상에 앉아 천천히 편지를 읽기 시작했다.

민석아, 안녕!

인사부터 하고 시작해야겠지?

어른들은 너희들이 하늘로 올라가 별이 됐다고 하더라. 그래서 하늘을 올려다봤는데, 가로등과 상가 불빛들 때문인지 별은 몇 개 보이지도 않고, 그나마 희미해서 별이라고 불러 주기에는 멋쩍은 느낌만 나서 이내 고개를 숙였어. 민석이 너도 정말 별이 된 걸까? 별이 되어 저 높은 곳에서 나와 네 아버지와 미술선생님과 다른 친구들을 내려다보고 있는 걸까? 처음에는 남들이 그렇게 말하니까 나도 그런가 보다 했는데, 시간이 지날수록 아무래도 나는 그런 말이 믿어지지가 않아.

나는 지금까지 별똥별이 떨어지는 건 봤어도 별이 하늘로 올라가는 모습은 못 봤어. 그러니 참 이상하지? 어릴 적에 별똥별이 떨어지는 건 어디선가 누가 죽었다는 표시라고 하는 얘기를 들은 것 같아. 그렇다면 너희들은 하늘로 올라가 별이 된 게 아니라 거꾸로 별똥별이 되어 떨어졌다고 해야 하는 거 아닐까? 너희를 삼킨 바다 위로 말이야. 한꺼번에 바다로 간 별들, 그게 바로 너희들일지도 모른다는 생각을 했어. 그래서 지난 4월의 바다는 슬픈 바다, 통곡의 바다가 되었던 거고. 그렇다면 하늘의 별을 보며 너희를 생각하는 게 아니라 바다로 가 버린 너희의 영혼을 먼저 건져 올려야 하는 게 순서일지도 모르겠다는 생각이 들더라.

네가 꿈속에 나타나서 즐겁게 생활하고 있다고 얘기했지만, 그러면 뭐해? 거기서 행복하면 뭐하냐고? 네가 찾아왔을 때 내가 네 몸을 만질 수도 없었잖아. 그런 슬픔이 아직 여기 남아 있는데, 민석이 너희 아버지가 너를 생각하며 매일 술을 드시고 계시는데, 하늘나라가 좋아 봤자 얼마나 좋겠어? 네가 다녀간 다음에 생각을 많이 해 봤어. 간절함이라는 말에 대해! 아직 세상을 얼마 살아 보지도 않은 내가 이런 말을 하니까 이상하지? 나도 내가 이런 생각을 하게 될 줄은 몰랐어. 간절하게 원하면 뭐든지 이루어진다는 말이 있지만 전부 거짓말 같아. 아무리 간절하게 원해도 이루어지지 않는 일이 많잖아. 네가 살아 돌아오지 못하는 일도 그렇고, 아직도 바다 깊은 곳에서 나오지 못하고 있는 친구들도 그렇고. 그래 놓고는 우리들의 간절함이 부족해서 그런 거라는 식으로 둘러대기 위해 만든 말이 아닌가 싶어. 그래서 더 슬퍼.

그래도 한 가지는 믿어 볼래. 내가 너를 잊지 않는다면 너는 내 가슴속으로 들어와 별이 되어 줄 거라고. 그날의 바다는 차갑고 추웠겠지만, 그 추운 바닷속으로 별이 되어 떨어져 내렸지만 앞으로는 내가 너를 영원히 가슴속에 간직해 줄게. 그게 너를 바닷속에서 건져 올리는 거라고 믿어. 너도 그렇게 생각하지?

민석아, 너는 참 괜찮은 아이였어. 그걸 내가 너무 늦게 알아서 미안하지만, 그래도 너는 나를 용서해 줄 거라 믿어. 친구들에게 네가 나를 좋아하고 있었다는 얘기를 안 했는데, 그건 나 혼자만 간직할래. 왠지 그래야 할 것 같아. 너와 나만의 영원한 비밀로. 아 참, 미술선생님이 알고 있으니까 완전 비밀은 아니겠구나. 그래도 미술선생님은 비밀을 지켜 줄 거야.

나 있지. 이제 고3이 되니까 진로를 정해야 되잖아. 그래서 요 며칠 동안 생각을 해 봤는데…… 원예학과에 진학을 할까 해. 네가 그렇게 가고 싶어 했던 원예학과. 그런 다음 너 대신 내가 나중에 화원을 차릴 거야. 좋은 생각 아니니? 네가 응원하고 도와줄 거라 믿고 그 힘으로 밀고 나가 보려고. 이제 막 결심한 거라 아직 엄마 아빠한테도 말 안 했는데, 뚱딴지같은 생각이라고 할지 모르지만 그래도 반대하진 않으실 거야. 내가 화원을 차린다고 상상하면 벌써부터 즐거워져. 이게 모두 네 덕분이야. 꿈이 없는 내게 네가 꿈을 불어넣어 주었으니까.

이 편지를 하늘나라 우체통에 넣으면 너에게 가닿을까? 안 되면 내가 들고 하늘나라로 쳐들어갈까? 하하. 농담이야. 너무 심각한 얘기만 한 것 같아서 농담 좀 해 봤어. 그래야 이민지잖아. 안 그래? 나도 그동안 너를 믹서기라고 놀렸는데, 마지막으로 한 번만 더 놀릴게. 야, 믹서기! 멍청하게 고백도 못 한 놈아! 시작도 못 해 보고 그렇게 훌쩍 가 버리니까 좋으냐? 넌 거기서 경호한테 더 놀림을 받아야 돼. 그래야 정신을 차리지. 수학여행 갔다 와서 고백할 거라고 했다는데, 어떤 식으로 고백할 건지 연습은 했었니? 근데 네 입에서 나를 좋아한다는 말이 나온다고 생각하니까 왠지 닭살이 돋는 것 같다. 하하! 너 지금 얼굴 빨개지고 있니? 그런 거야? 하여간 나 이민지가 너를 향해 달려가고 있으니까 도망가면 안 돼.
이제 그만 써야겠다. 그런데 뭐라고 끝을 맺지? 끝을 맺는다고 끝이 나기는 하는 걸까? 그래, 이 편지는 아직 끝나지 않은 편지라고 해 둘게. 영원히 너를 향해 가고 있는…….

네가 좋아하던 민지가

편지를 다 읽고 나니 조금 오글거리는 부분들이 있었지만 그대로 놔두기로 했다. 오히려 마음이 홀가분해지는 느낌도 들었다. 민석이가 기뻐해 줄 수 있다면 그걸로 충분했다.

"조심해서 잘 갔다 와."

엄마가 현관에서 배웅을 했다. 어제 친구들과 팽목항에 다녀온다고 했을 때 엄마는 내 마음을 다 안다는 표정을 지었다. 그러면서 나를 가만히 안아 주었다. 엄마 품이 따뜻했다. 수경이 엄마도 얼마나 수경이를 안아 주고 싶었을까? 엄마가 없는 민석이는 또 얼마나 엄마 품에 안겨 보고 싶었을까? 그런 생각을 하며 엄마 품에 안겨 있는 동안 주책없이 또 눈물을 흘렸다.

"민지야, 여기야!"

친구들은 이미 모두 나와 있었다.

"야, 무슨 날이 이렇게 춥냐?"

"겨울이니까 그렇지. 추우니까 겨울 아니냐. 그래도 난 여름보다는 겨울이 낫더라."

"팽목항까지 가려면 시간이 많이 걸리겠지?"

"그럼. 전라남도 끝이라니까 많이 걸릴 거야."

친구들과 잠시 수다를 나누고 버스를 탔다. 얼마 안 있어 버스가 출발했다. 친구들은 별말이 없었다. 평소 겨울 바다에 가 보고 싶다는 말을 달고 다니던 은지도 입을 꾹 다물고 있었다.

지금 가고 있는 곳이 겨울 바다는 맞지만 낭만에 젖어 그리던 바다와는 한참 거리가 멀었다. 가능하면 가 보고 싶지 않은 바다였다. 친구들을 삼킨 바다를 보러 간다는 건 두렵고 떨리는 일이었다. 하지만 돌아올 수 없는 친구들을 위해서라도 꼭 한 번은 다녀와야 할 바다였다.

새벽에 일어났는데도 졸리지 않았다. 명절날 아빠 고향에 갈 때면 승용차 안에서 쿨쿨 잠이 들곤 했는데, 이번에는 눈을 감고 있어도 잠이 찾아오지 않았다. 온갖 생각만 머리를 어지럽히며 달려들 뿐이었다. 하느님은 인간에게 왜 외로움이나 슬픔 혹은 그리움 같은 감정을 주신 걸까? 일 년 전에 비해 나 스스로 많이 달라졌다는 생각이 들었다. 알고 싶지 않은 일들을 한꺼번에 너무 많이 알게 돼서 그런 걸까? 결코 원하지 않았던, 반갑지 않은 변화였다. 그렇게 조금씩 어른이 되어 가는 것인지도 모르겠지만, 어른이 된다는 게 썩 좋은 일만은 아니라는 걸 어렴풋이 짐작할 수 있었다. 먼 훗날 어른이 되면 우리는 무슨 얘기를 나누게 될까? 오늘의 이 슬픈 여행을 어떤 모습으로 추억하게 될까?

감았던 눈을 뜨면 창밖으로 겨울 벌판이 펼쳐 있곤 했다. 논마다 드문드문 볏짚을 묶어 하얀 비닐 같은 것으로 덮은 무더기들이 보였다. 산자락이 나타날 때는 전에 내린 눈이 채

녹지 않아 희끗희끗 남아 있기도 했지만 황량함이 더 두드러졌다. 쓸쓸한 풍경이었다. 친구들과 함께 있다고 해서 쓸쓸함이 사라지지도 않았다. 창에 살짝 볼을 대 보았다. 차가웠다. 차가운 만큼 마음도 서늘해졌다. 저 황량한 겨울 들판에도 봄이 되면 다시 꽃이 필까? 작년 봄에도 폈으니 이번 봄에도 피겠지. 지금은 비록 아무런 희망 같은 것도 보이지 않는, 아무것도 돋아날 것 같지 않은 풍경이지만, 그래도 반드시 봄이 오고 꽃은 필 거야. 그러면 나는 풍선덩굴을 심을 테고, 풍선덩굴 줄기가 뻗어 오르는 걸 보며 민석이가 어떤 말로 나에게 고백하려고 했는지 궁금하다는 표정을 짓기도 하겠지.

수경아, 경호야, 민석아!

그리고 가까이 지내지는 못했지만 잠시라도 내 곁을 스쳐 갔던 모든 친구들아!

마음속으로 다시는 만날 수 없는 친구들의 이름을 하나하나 불러 보았다. 멀리서 희미하게 웃는 얼굴들이 다가왔다. 가만히 눈을 감았다. 슬픈 바다가 출렁이며 밀려들고 있었다.

에필로그

팽목항에 갔다 돌아온 날 밤, 꿈도 꾸지 않고 깊은 잠을 잤다. 다음 날 일어났을 때야 비로소 모든 게 꿈결 같았다. 그리고 생각했다. 앞으로 씩씩해져야겠다고. 그게 수경이와 경호와 민석이를 비롯해 희생당한 모든 친구를 위하는 길이라고.

그리고 지금 나는 걷고 있다. 참사 1주기를 앞두고 진행하는 도보행진단에 참가해서 뚜벅뚜벅 걷고 있다. 수경이와 함께 걷고 있다. 경호와 함께 걷고 있다. 민석이와 함께 걷고 있다. 희생당한 친구들과 함께 걷고 있다. 아직 물속에 잠겨 있는 친구들과 함께 걷고 있다. 서로 손잡고, 다정한 눈빛 주고받으며, 씩씩하게 걷고 있다.

진행 차량에서 노래가 울려 퍼지고 있었다.

어둠은 빛을 이길 수 없다.
거짓은 참을 이길 수 없다.
진실은 침몰하지 않는다.
우리는 포기하지 않는다.

노래를 따라 부르며 입술을 깨물었다. 잊지 않을 거야. 내 친구들을 바닷속으로 끌고 들어간 모든 것을 용서하지 않을 거야. 눈물이 나지만 참을 거야. 어쩔 수 없이 눈물을 흘리게 되더라도 그건 잊지 않겠다는 다짐의 눈물이 될 거야. 속으로 뇌고 또 뇌었다. 울컥, 하는 날들이 오래도록 이어지겠지만 그런 순간들조차 슬픔을 넘어서기 위한 디딤돌이 되어 줄 거였다.

민지야, 부르는 소리가 들렸다.

보이지 않아도 그게 너라는 걸 단박에 알아챌 수 있었다.

우린 좋은 친구였어, 그렇지?

그럼, 당연하지. 나도 네가 내 친구라서 행복했어.

보이지 않는 손을 꼭 잡아 주었다. 노란 나비 떼가 일제히 행진단 위로 날아오르고 있었다.

| 작가의 말 |

슬픔의 바다를 건너가는 법

소설을 쓰고 싶다는 생각을 했습니다. 20년도 넘는 아주 오래전에 단편소설 몇 편 써 보았을 뿐, 그동안 줄곧 시만 써 오던 내가 단편보다 제법 분량이 긴 소설을 쓸 수 있을까 싶기는 했습니다. 그래도 쓰고 싶은 이야기가 있었습니다. 아름다운 봄날에 일어났던 그날의 참사로 인해 모두가 슬픔에 잠겨 있을 때였습니다. 망설임 끝에 겨우 시작을 해서 소설 속 주인공들의 중학교 시절까지 그럭저럭 이야기를 만들어 낼 수 있었습니다. 이제 고등학교 시절로 들어가면 되는데 갑자기 자신이 없어졌습니다. 내가 과연 감당해 낼 수 있을까? 그 참담한 슬픔을 이야기로 풀어낼 수 있을까? 혹시 내 글쓰기 욕심을 위해 그날의 비극을 이용하려는 건 아닐까? 막막하면서 두려웠고, 나 자신이 미심쩍었습니다. 그래서 원고지 100장 정도에서 머물렀던 이야기는 컴퓨터 파일 안으로 들어가 꼭 꼭 숨어 버렸습니다. 가끔 다시 시작을 해야 하지 않느냐는 목소리가 마음 깊은 곳에서 치고 올라오기는 했지만 파일을 열어 볼 엄두가 나지 않았습니다. 그렇게 2년 정도가 흐른 듯합니다. 그리고 지난겨울에야 겨우 용기를 내어 책상 앞에 앉았습니다.

혼자 단원고등학교를 찾아간 적이 있습니다. 전철역에서 내려 단원고등학교까지 가는 동안 유난히 연립주택이 많이 눈에 띄었습니다. 동네는 한적했고, 연립주택 담장마다 동화 속 풍경 같은 예쁜 그림들을 그려 놓았습니다. 아, 이런 동네에서 애들이 살다 갔구나 싶어, 마음이 울컥했습니다. 학교 앞에 도착해서 교문 쪽으로는 가지 못하고 길 건너편에서 학교를 바라봤습니다. 정문 위로 야트막한 언덕이 있고, 그 위에 학교 건물이 올라앉아 있었습니다. 교문을 중심으로 여기저기 애도의 마음을 담은 현수막들이 걸려 있고, 꽃이며 쪽지를 붙여 놓은 것도 보였습니다. 핸드폰으로 학교 사진을 찍을까 하다 그만두었습니다. 어쩐지 그래서는 안 될 것 같았습니다. 죄 많은 어른들 때문에 수많은 아이들이 죽어 갔는데, 여전히 차가운 바다에서 나오지 못한 아이들이 있는데, 그런 참사를 배경으로 마치 슬픔의 현장에 다녀왔다는 걸 증명이라도 하듯 사진을 찍는 건 도리가 아니라는 생각이 들어서였을

겁니다. 그 뒤에도 도보행진단을 따라 학교 앞을 지나가기도 하고 한번은 추모 낭독회를 한다고 해서 학교 안까지 들어간 적이 있지만, 그때도 교실은 둘러보지 못했습니다. 차마 슬픔을 직면할 용기가 없었기 때문입니다. 그러다가 기억교실을 안산교육지원청으로 옮긴 다음에야 겨우 찾아가 볼 수 있었습니다. 슬픔의 무게를 감당한다는 게 그토록 버겁게 다가왔습니다.

뱃머리가 물에 잠기는 장면을 텔레비전 화면으로 바라보다가, 바라보기만 하다가, 안타까움과 슬픔과 분노 같은 온갖 감정의 소용돌이에 사로잡혔습니다. 달려가서 도와줄 수도 없고, '제발', '부디' 같은 말만 되뇔 뿐 할 수 있는 게 아무것도 없었습니다. 그러다가 시라도 써서 그날의 참담함을 증언해야 하는 게 아닌가 싶어 몇 편의 시를 써서 페이스북에 올렸습니다. 그렇게라도 내가 할 수 있는 무언가를 찾아서 움직여야 한다고 생각했습니다. 그 후 촛불문화제에 참여해서 시를 낭송하기도 했고, 안산의 분향소에 가거나 도보행진에 참여하는 등 틈나는 대로 슬픔에 동참하려고 했습니다. 때로는 "이것도 나라냐!" 하며 분노의 목소리를 내지르기도 했지요. 그렇지만 바뀌는 것은 없었고, 유가족들은 광화문에서, 국회 앞에서, 청와대 앞에서, 줄곧 피눈물을 흘려야 했습니다.

세월호 참사는 지금도 진행 중입니다. 너무나 오랜 기다림 끝에 세월호가 뭍으로 올라오기는 했지만 그날의 진실이 제대로 밝혀지려면 아직도 많은 고개를 넘어야 합니다. 어느 겨울날, 글을 쓰는 교사들 몇몇이 팽목항을 찾았습니다. 미수습자 유가족들이 머무르고 있는 컨테이너를 지나 방파제 끝에 있는 등대까지 가는 동안 아무도 입을 열지 않았습니다. 무어라 말을 꺼내기조차 힘든 풍경이었습니다. 아이들 이름이 적힌 노란 천들을 보는 동안 저절로 눈자위가 붉어지면서 눈물이 흘러내렸습니다. 등대 앞에 하늘나라 우체통을 세워 놓은 게 보였습니다. 자신의 의지와 상관없이 하늘나라로 이사 간 어린 친구들에게 편지를 써서 우체통에 넣고 싶은데, 무슨 말을 어떻게 건네야 할지 몰라 그저 먹먹한 울음만 새긴 채 돌아오고 말았습니다.

겨우 소설을 끝냈습니다. 애썼다고는 하지 않겠습니다. 다만 영문도 모른 채 수장당한 어린 친구들에게 이 소설이 조금이나마 위로가 되면 다행이겠습니다. 유가족들은 아이들이 잊힐까 봐 그게 제일 두렵다고 했습니다. 잊지 않고 기억하는 것, 그것이 살아남은 우리가 할 수 있는 최소한의 도리라고 생각합니다. 덧붙여 이 소설을 너무 슬픔으로만 읽어 내지는 않았으면 합니다. 슬픔을 넘어 그들이 미처 펼치지 못한 꿈들을 받아안고, 그들을 대신해서 열심히 살아야겠다는 다짐 같은 것이라도 하면 좋겠습니다.

책을 내려놓은 다음 '수경아, 민석아, 경호야' 마음속으로라도 그들의 이름을 불러 주기 바랍니다. 그러면 하늘나라 저 멀리서 수경이를 닮고, 민석이를 닮고, 경호를 닮은 친구들이 씩 웃으며 손을 흔들어 줄 거라 믿습니다. 여기서 친구들과 잘 지내고 있으니 너무 걱정하지 말고 너희도 씩씩하게 잘 살아가라고 하면서 말이지요.

5월 9일 밤, 새로 선출된 대통령이 광화문에서 세월호 유가족들을 만나 손을 잡아 주는 모습을 보았습니다. 유가족들의 간절한 바람처럼 미수습자들이 하루 빨리 가족의 품에 안기고, 세월호의 진실이 남김없이 밝혀지기를 바랍니다. 참혹한 4월을 지나 5월의 햇살이 눈부시게 푸른 날, 진실이 끝내 이기는 새로운 시간이 다가오고 있다고 믿어도 좋겠는지요? 고개 끄덕여 줄 당신의 손 위에 이 소설을 놓아 드리고 싶습니다.

2017년 5월

박일환